I0669109

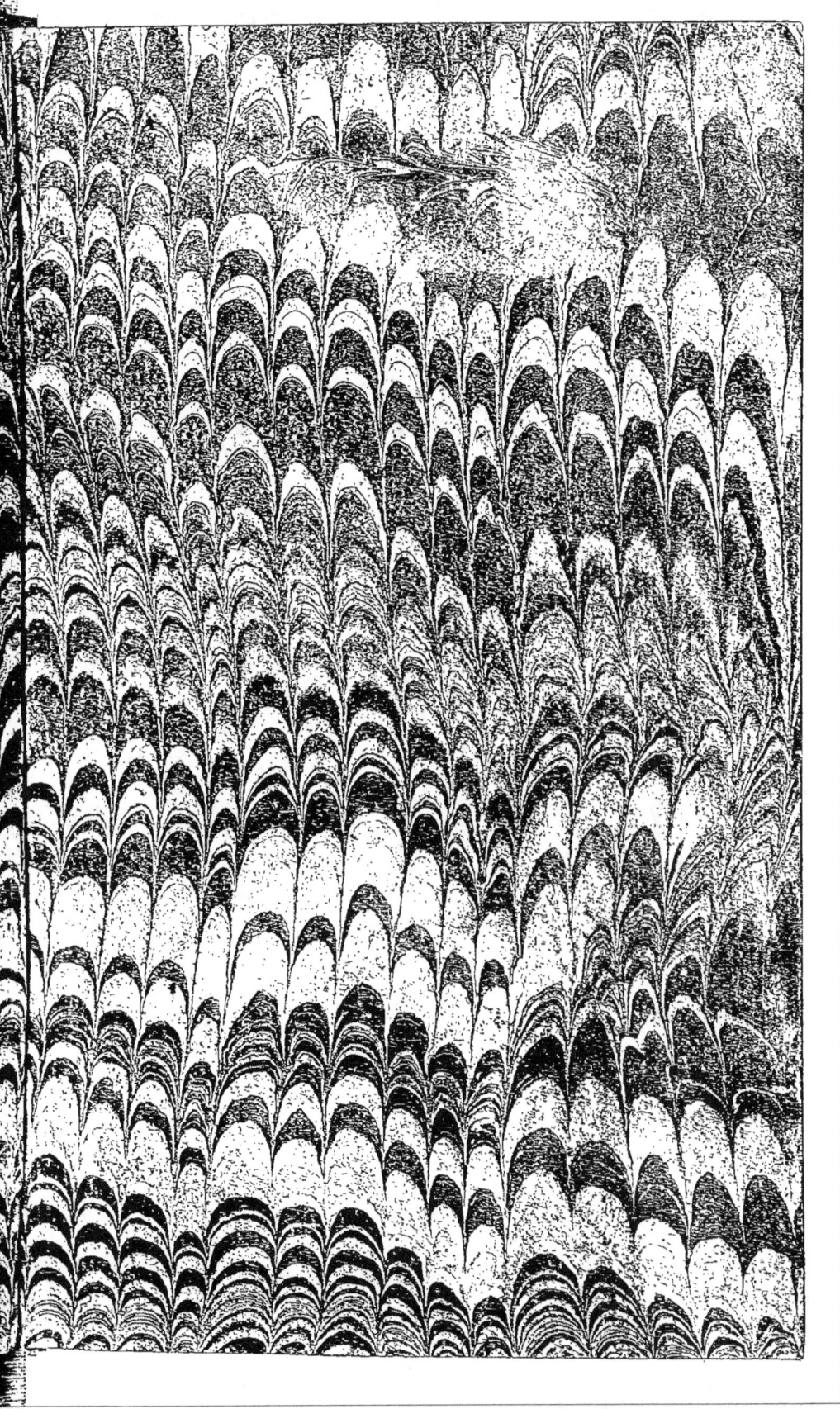

SELIDORE

OV

L'AMANTE

VICTORIEVSE,

A LA REYNE.

TRAGECOMEDIE

Pastorale.

du Couuent des Minimes de Paris

Faict par LEON QVENEL.

A ROVEN,

Chez RAPHAEL MALASSIS, au
Portail des Libraires.

M. DC. XXXIX.

Auec Permiſſion.

A LA REYNE

MADAME,

Ie ne suis ny le Pere, ny la Mere de Selidore, c'est vn tesmoignage que la verité me force de luy rendre, sa modestie, sa fidelité, & l'innocence de son amour & de son humeur, auecques la beauté de son visage, m'obligeroient à l'adopter pour mienne, si ma condition me pouuoit permettre ceste faueur & donner vne telle licence, ses parents dont le sang & la generosité ont laissé des marques eterelles à la memoire; me firent voir ceste chere fille dans les habits innocens des Bergeres, & me racontant sa fortune & les victoires de son amitié, ie creus que tant de perfection meritoit d'auoir part aux loüanges & aux hommages, & que les Muses du Liban ne flestriroient point

l'honneur de leur Cedres, si ie les diuertiſſois vn
peu deſſu les Myrthes, qui n'ont rien de hôteux
& de profane, Ie fis donc vn bouquet à ceſte
beauté, & priay les filles de mon Parnaſſe d'en
auoir le ſoin, de ne farder pas neantmoins ce que
la nature auoit peint ſur ſon viſage ; Ce qu'elles
firent auec tant de plaiſir, quoy qu'on prenoit
ordinairement Selidore pour la dixiéme des
Muſes, en fin elle prit reſolution de quitter ſa
Solitude & de ſe preſenter aux pieds de V. M.
pour ſe dōner entierement à ſon ſeruice, ſes amis
ſe perſuaderent que cela luy reüſſiroit & que
V. M. la verroit de bon œil, & la deffendroit
des outrages de la calomnie. Toutes ces Royalles
vertus qui font l'œconomie de voſtre ame ferōt
vn iugement de ſon merite & ne la condamne-
ront point d'aucune liberté faſcheuſe, elle parle-
ra mieux à voſtre Majeſté, de laquelle ie ſuis :

MADAME,

De voſtre Majeſté,

Le plus humble obeïſſant & affectionné
ſubiect. P. L. M.

A LA REYNE

MADAME,

Si les boccages ont eu le pouuoir autrefois de tirer les Roys, & les Reynes à leur silence, pour les delasser vn peu de ce grand monde qui les suit: Vostre Majesté pardonnera facilement la liberté que ie me donne, de l'oser entretenir du bon & du mauuais traictement que l'amour nous a faict dans nos villages: Ce n'est pas que ie l'accuse d'auoir changé d'humeur pour nuire à mon repos, & à l'innocence de mes plaisirs, puis que c'est vne proprieté qui le suiura tousiours: Mais seulement pour faire voir à vostre Majesté que l'amour est autant capricieux dans les solitudes que dedans les villes, & ne mesprise rien, pour

ueu qu'il en face le triomphe depuis les
heureuſes nouuelles, qui ont rempli de
ioye le Ciel & la Terre, & qui furent re-
ceuës en nos petits deſerts auec vn contentement extréme ; heureuſe nouuelles
qui nous apprirent que vous eſtiez mere
d'vn ſi beau Dauphin, qu'il luy falloit ne-
ceſſairement pour eſtre tel vn tel Roy,
& vne telle Reyne, mes Compagnes me
dirent auſſi toſt, que puis que la France
poſſedoit les merites de toutes les graces,
& les delices de tout ce qu'il y a de beau
au monde en ce ſeul enfant, qu'vn iour
il commanderoit à l'amour de n'eſtre
point faſcheux aux belles, on dit meſme
que les Muſes luy ont fait vne Guirlande
de fleurs, & que le Poëte qui les vint aduertir de rendre leurs deuoirs à ce ſecond
Apollon, les a auſſi obligées à luy preſenter ce qu'elles ont touſiours gardé pour les
Amours & pour les Dieux, Ie me donne
auſſi au ſeruice de ſa Majeſté, & bien que
ie paroiſſe dans le meſpris de ces habits

champeſtres ; l'ay neantmoins eu des peres qui ſont morts au ſeruice de ſes anceſtres, & qui n'ont iamais trouué de plus glorieux triomphe que de verſer leur ſang ſur les plaines au milieu des batailles pour la gloire de ces grands Heros: Il me reſte à demander vne faueur à voſtre Majeſté, c'eſt qu'elle excuſe Luſidan, il a reconnu ſa faute, & n'a iamais reſſenti plus de douleur qu'en la veuë de ſon infidelité, m'oubliant pour vn temps; le Ciel l'a voulu ainſi afin qu'il eut ſubiet de me mieux recognoiſtre: Celle qui prie pour ſon Amant, n'a point de plus grand honneur que d'eſtre,

MADAME,

De voſtre Majeſté,

La plus humble obeiſſante & affectionnée ſubiecte SELIDORE.

Me lisez ne, p. 6. iusques lisez iusque, p. 16.
o son nom, ostez e, p. 18. l'hymne lis. hymenee, p. 19.
mais il faut, adioustez me faut, pag. 22.
d'excuses, lisez d'excuse, pag. 24.
se prouue, lisez i'esprouue, pag. 25.
il me faut obeir, que nos biens sont communs p. 26.
retrouue, lisez retrouue pag. 31.
ma Nymphe n'a sçeu, lis. à sçeu, p. 34. Selidore parle
luy faut, lisez il luy faut, pag. 39.
descoche, lisez encoché, pag. 40.
guerit, lisez gueris, p. 44. iusques, lisez iusque p. 51.
en autre part, lisez autre part p. 52. despoir, lisez
desespoir, p. 55. en se iouänt, lisez se iouänt p. 56.
ne croiser, lisez ne pas croiser, p. 58.
l'attente, lisez l'attent, p. 60. si ainsi est, lisez s'il est
ainsi p. 62. coure seule, lisez aille, p. 63.
s'asseor, lis. s'asseoir, p. 66. brusler, lis. briser, p. 70.
pensez, lis. pensiez, p. 72. contente, lis. content. p. 73
ie feray ce qu'il veut Meliador parle.
qu'est-ce, lisez quel est, pag. 80.
à vous dire se doit ioindre apres chose, p. 81.
Rosane, lisez Rosanet, p. 82. me, lisez ne, p. 85.
n'ont, lisez m'ont, pag. 90.
Rosanet parle, ie vous suiuray & pag. 98.
qu'est, lis. quelle, p. 105. donnent, lis. donne, p. 111.
presse, lisez pese, p. 125.

Lecteur, mon peu de loisir à laißé glißer ses fautes,
& quelques autres que tu pourras remarquer.

ARGVMENT.

SELIDORE Nymphe bocagere proche de l'entiere iouyssance de ses amours, en fait vne miserable perte par vn accident duquel son Lusidan la sauue, la retirant d'vne riuiere ou elle estoit tombée, se trouuant engagé dans le mesme peril duquel il fut deliuré, par les filets d'vn pescheur; qui luy sauuant la vie, le mit dans l'occasion sans y penser, de changer sa Selidore aux yeux de Rosamyre: Les diuerses passions de ce Berger qui poursuiuoit ceste Nymphe, vindrent à la cognoissance de Selidore qui pour s'en asseurer d'auantage se trauestit en Magicienne, & luy fait confesser le changement de son amitié par vn artifice, & pour le punir de sa perfidie luy conseille d'entrer dans le Temple de Diane au

A

temps du sacrifice, pour faire voir vn
anneau quelle luy donne au yeux de
Rosamire afin que s'imaginant enchaiſ-
ner ſon cœur & ſa liberté par la puiſſance de la Magie. Il offence la Majeſté des
Autels de Diane à ſe trouuer preſent à
des ceremonies dont la veuë eſtoit deſ-
fenduë aux hommes ſur peine de la vie,
elle deſtourne auſſi les affections de Roſamire des pourſuites de Luſidan, quelle luy fait cognoiſtre en la trompant
plein d'hypocriſie & deſeintiſe, l'vn &
l'autre reüſſit comme elle deſiroit & encor plus heureuſement, car ayant quelque reſte d'amour pour Luſidan, elle eut
bien voulu qu'il eut reconneu ſon infidelité, & qu'il ſe vit redeuable de ſa vie à
ſa bonté ſans la perdre ce qui arriua par
vne de ſes côpagnes qui pouuant au iour
de ceſte feſte demander quelque don à
Diane, luy demande la vie pour ce pri-
ſonnier ; en fin Luſidan confeſſe ſon
crime & deſire mourir pour l'expier plu-

stost que d'en traisner l'horreur par vn
banniffement, mais peu apres quelques
pyrates qui tenoient captifs les pere &
la mere de Selidore qui la venoient chercher, abordent en ce riuage Selidore &
ses compagnes tombent dans les mains
de ses Corsaires, Lusidan sans estre reconneu l'en deliure, la recognoissance
se faict du pere & de la fille & de Lusidan, qui reçoit en fin Selidore pour son
espouse auffi bien que les Bergers, les
Maistresses qui les auoient desdaignées
comme la suite de cesse Pastorale faict
cognoistre, ainsi Selidore est victorieu-
se des Caprices de l'Amour.

LES ACTEVRS.

SELIDORE *Bergere* LVCIDAN *Berger*

MARSELIE MELIADOR

Bergeres *Bergers.*

ROSAMIRE ROSANET

NEOPHILLE GELADON

CLORIMANDE LVCIDAN *De-*
guisé

Nymphes.

MELINDE LEOSANDRE

pere de Selidore

LAVDOREE LES PYRATES

DIANE

ALCIDE *mere de Rosamire.*

SELIDORE *deguisée en Magicienne.*

SELIDORE

ACTE PREMIER.

Scene Premiere.

SELIDORE.

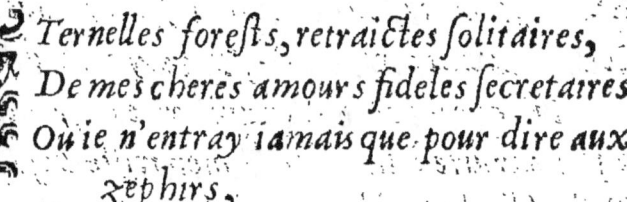

Ternelles forests, retraictes solitaires,
De mes cheres amours fideles secretaires
Ou ie n'entray iamais que pour dire aux
zephirs,
Les secrets mouuements de mes chastes plaisirs;
Helas! que les destins auortons de l'enuie
Ont traicté rudement la douceur de ma vie;
Insolents ennemis qui portez mon bon-heur,
Dans les sanglantes mains d'vn funeste malheur,
Artifice cruel qui forme des supplices,
De ce mesme repos qui causoit mes delices;

Bois ſacrez à l'Amour l'excez de mes ennuis,
N'attent plus de ſecours que de ces vertes nuiⁿts,
Où le ſommeil faſché ſent de la violence,
D'vn oyſeau ſeulement qui trouble le ſilence:
Silence, helas ! mes yeux trop laſſez de pleurer,
Il faut qu'il meure icy puis qu'il faut ſouſpirer,
Que, di-ie, ſouſpirer ? ingrate Selidore,
Que ce remede eſt doux au mal qui te deuore,
Pour ſoulager l'excez des extrémes douleurs,
Les ſouſpirs trop legers ne valent point les pleurs,
Pleurs, hà ! fidelles pleurs, que touſiours vos fontaines
Coulent ſans ſe tarir dés ſources de mes peines,
Afin que les deſtins m'eſtouffent dedans l'eau,
Ou mon chaſte berger a trouué ſon tombeau,
Et que l'Amour trompé qui trahit ma fortune,
Sçache apres ſon treſpas que ſa mort m'eſt commune,
Et s'il eſt mort dans l'eau que i'y meurs tous les iours,
Il n'y trouua point d'aide, & moy point de ſecours;
    Mais que le rayon d'or qui force ce fueillage,
Eſt contraire à la nuiⁿt de mon triſte veſuage,
Belle fille du Ciel le iour m'eſt ennuyeux
Mon Soleil eſt couché ie n'ouure plus les yeux,
Deſcouure les beautez de ta couche d'opale,
A l'œil triſtement doux de ton pauure Cephale,
La triſteſſe & la nuiⁿt ſympatiques d'humeurs,
Ne veulent point auſſi que les meſmes couleurs,
Et puis me faut-il pas que les pompes funebres

Se faſſent loin du iour auecques les tenebres,
Les morts n'adorent plus que les ſombres Autels,
Separez du Soleil qui luit pour les mortels,
Non, non, ie ne vis plus la fortune & l'enuie
On deſtruit le Soleil qui me donnoit la vie,
La ialouſe Naïs d'vn riuage fatal,
A tué mon Berger dans ſes flots de criſtal,
Qui flattant ſes beautez afin de luy complaire
Prenoient l'habit d'azur, que Neptune leur pere
Porte pour ſa Thetis, lors qu'aux iours de l'Eſté
Il la voit en riant d'vn viſage arreſté;
Hypocrites miroirs, trompeurs dignes de blaſme
Qui formes des appas pour ſeduire mon ame,
Vous baiſiez mon berger & vous ne l'aimiez pas,
Le Ciel le vit mourir ſur vos liquides bras,
Homicides cruels: mais quoy le feu vous tuë,
Et le feu de l'amour viuoit dedans ſa veuë,
Ne parlez plus ma langue on n'entend point les
        morts,
Mô eſprit parle mieux bien qu'il n'ait point de corps
Diane ma deeſſe eſcoute mes complaintes,
Et vous bocages verds, que vos deïtez ſaintes,
Touchees aux raiſons de mes iuſtes regrets
Ne me refuſent point la nuict de ces foreſts,
Ce rocher entr'ouuert qui forme vne cauerne,
Plus noire mille fois que celle de l'Auerne.
            Elle entre dans la cauerne.
Flatera ma douleur, ſon humide ſeiour

M'y fera repofer en m'efloignant du iour;
Que le Dieu du fommeil foit propice à mes peines,
Et qu'il faffe couler fon repos dans mes veines.

ACTE PREMIER.

Scene Seconde.

MELIADOR & ROSANET,
Bergers.

MELIADOR.

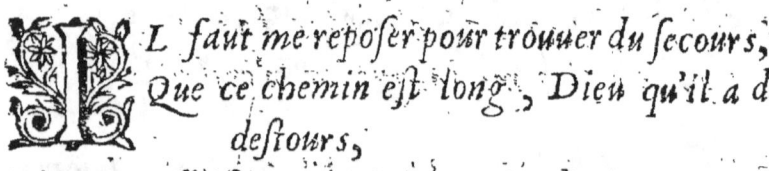

IL faut me repofer pour trouuer du fecours,
Que ce chemin eft long, Dieu qu'il a de
deftours,
Ils font mille ferpens qui n'ont point de pigure,
Et qui bleffent pourtant par leur feule figure,
Cher amy Rofanet foulageons nos douleurs,
Sur la molle frefcheur de ce tapis de fleurs.

Rofanet.

I'accorde ce plaifir à la melancolie
Qui nourrit bien fouuent ton efprit de folie,
Que ce foit pour vn peu, car ce lieu me defplaift,
Il eft propre à refuer cela fait qu'il te plaift.

Meliador.

Quoy te dois-ie obeyr?

Rosanet.

ouy bien si tu es sage,

Meliador.

Sage? I'ay la raison,

Rosanet.

tu n'en as pas l'vsage,

Meliador.

Beau discours qui me dit fol par ciuilité,

Rosanet.

La courtoisie est bonne auec la verité,

Meliador.

Tu dis la verité?

Rosanet.

Vn peu de difference,
La raison dans l'amour sent de la violence,
Tousiours elle doit voir & l'amour n'a point d'yeux,

Meliador.

Ce n'est qu'vn accident,

Rosanet.

Mais il est vicieux,
En ce poinct son bel œil ne faict pas son office.

Meliador.

N'importe, ie me plais de viure en ce supplice,
Et i'adore tousiours l'agreable prison
Où l'amour pour vn temps captiue ma raison.

Rosanet.

Encor si ie pouuois connoistre le merite
Et les perfections de ta chere Charite
Ie dirois?

Meliador.

Peus-tu voir vne Diuinité,

Rosanet.

Elle soulageroit mon incredulité,

Meliador.

Tu me dirois heureux,

Rosanet.

peut estre,

Meliador.

la peinture
De ses perfections estonne la nature,
Elle a les cheueux bruns, le teint clair & poli,
Ses yeux sont deux Soleils ou l'amour annobli
Fait l'office du Dieu qui gouuerne les armies,
Frappant par ses regards ou donnant des alarmes,
Sur ses leures on voit deux roses qui se baisent,
Il semble que tu ris ces nouueautez te plaisent
Son col couuert de lys tant l'hyuer que l'esté
Accompagnent l'honneur qui suit sa maiesté,
Ie ne puis figurer ce que les Dieux font naistre,
Afin que les mortels les puissent mieux connoistre.

Rosanet.

C'est assez pour aimer si tu estois aimé,
Mais tu n'as qu'vn tableau qui n'est pas animé,
Courre apres ses mespris cela sent l'esclauage,

Meliador.

Ie me sens trop heureux de voir son beau visage,
Si ie meurs en seruant c'est pour vn bel obiet,

Rosanet.

Mourir sans meriter c'est mourir sans subiet,

Meliador.

Ie pourray meriter l'honneur de la constance
Si ie n'en ay le prix,

Rosanet.

ô trompeuse esperance,

Meliador.

Pourquoy? ne vois tu pas qu'adorant mon tourment
N'en estant pas aimé i'aime fidellement
Car la voyant brusler dans l'ardeur de mes peines
En quoy la seruiray-ie?

Rosanet.

en souffrant dans ces cheisnes,

Meliador.

La seruant autrement i'en seray le vainqueur,

Rosanet.

Ie suis desia gueri d'vne semblable erreur,

Meliador.

Tu fus donc amoureux? ô l'heureuse fortune,
C'est vn soulagement quand la peine est commune
Consolez vous mon cœur

Rosanet.

Ie le fus autrefois
Mais ie n'ay peu souffrir la rigueur de ses loix,

Meliador.

Hé que sceut triompher de ton humeur sauvage,

Rosanet.

Marselie,

Meliador.

elle est belle,

Rosanet.

assez pour vn village.

Ie ne vois rien de beau que le Soleil naissant
Et les cornes d'argent qui forment le croissant.

Meliador.

Mais ie ne la vois plus qu'est-elle deuenuë?

Rosanet.

Escouté en peu de mots sa fortune inconnuë,
I'estois encor enfant quand on me fit changer
L'air de ce bon pays en vn Ciel estranger,
Quelque temps esloigné d'vne terre cherie
Ie flattay les destins pour reuoir ma patrie,
Et i'appris au retour que par ses yeux charmants,
Marselie auoit fait tous nos bergers amants,
Ie me mocquay d'amour & deffiant ses armes,
Sa Circé m'arresta par l'effort de ses charmes,
I'adoray Marselie & le feu qui me prit
Afin de me vanger aussi tost la surprit,
Nos esprits enlacez souffroient les mesmes peines
Comme nos libertez portoient les mesmes chesnes,
Son humeur accordante auecques mes desirs
Ne se laissoit toucher que des mesmes plaisirs,

Ie deuins si ialoux que ma crainte ennuyeuse,
Me la rendait en fin tristement desdaigneuse,
Ayant souffert long temps cét excez de raison,
Vn iour elle trouua sa prompte guerison,
Comme i'estois pensif d'vn air melancolique,
Le sang luy monte au frond sa colere s'explique,
Et me dit Rosanet il faut briser mes fers,
C'est moy qu'on doit seruir & c'est moy qui te sers;
Mon cœur ne peut souffrir que l'amour le martyre,
Ny que la ialousie exerce son empire,
I'ay banny loin de moy milles petits flatteurs,
Afin de consentir à tes noires humeurs,
I'ay mesprisé l'amour, i'ay fait la solitaire,
I'ay gardé le silence afin de te complaire,
Ie crois que ma raison se laissoit abuser,
Et ie ne sçais comment ie la dois excuser,
Il suffit maintenant de voir ma tromperie,
Ie n'ay que trop souffert mon ame en est marrie,
Mais comme l'elebore est vn remede au foulx
L'absence & le mespris guerissent les ialoux,
Adieu donc Rosanet cherche vne autre maistresse,
Qui te vueille seruir en mourant de tristesse,
Et tournant deuers moy ses regards furieux
Elle fuit ma presence & se cache à mes yeux,
Et moy ie fus trois iours à faire le colere,
Prenant l'authorité & de Maistre & de Pere,
Lors i'appris son absence & qu'vn iuste deuoir,
Quelle rendoit aux Dieux l'esloignoit de me voir,

Ie cours à son logis ou ie trouue vne lettre,
Qui tesmoignoit assez ce qu'elle vouloit estre,
I'y lisois mon adieu, & l'extréme desir
De voir ma ialousie entierement guerir,
Ie renonce à l'amour, ie blasme son enfance
Et depuis ce temps là i'ay repris ma constance.

Meliador.

Depuis ne sçais-tu pas ou elle est?

Rosanet.

nullement,

Meliador.

Amour fait tout plier à son commandement,
Il couronne les vns à la fin des années,
Il fait en peu de temps d'heureuses destinées,
I'espere ses faueurs.

Rosanet.

il se iourra d'vn iour,

Meliador.

Il faut me laisser vaincre ou tromper par l'amour,

Rosanet.

C'est assez discourir, debout,

Meliador.

rien ne nous presse,
Encore vn peu de temps,

Rosanet.

pour trouuer sa Maistresse,
Ne tarde pas il croit qu'à force de resuer,
D'vn trou de taupe enfin il l'a verra leuer.

Il s'esloigne de son compagnon & tourne
vers le Rocher.

Agreable Rocher cauerne gratieuse,
Où ie viens souspirer ma langueur amoureuse,
Dieux qu'est-ce que ie vois? vne Nymphe qui dort,
L'Amour baise auiourd'huy le frere de la mort,
Approche compagnon viens voir vne deesse,
Captiue du sommeil n'est-ce point ta maistresse?
            Meliador.
Ma Maistresse tu ris,
                  Rosanet.
                              ie dis vray,
            Meliador.
                        non mon cœur,
Asseurez vous vn peu vous n'aurez que la peur,
Voyons là de plus pres ie crois la reconnoistre,
C'est elle, doux seiour ou ie la vois paroistre,
C'est elle, ces beaux yeux entierement couuers
Bruslent, que feroient-ils s'ils estoient descouuers?
Glorieuse rencontre, agreable fortune.
            Rosanet.
Demeure seul icy que rien ne t'importune,
            Meliador.
Berger retire toy ie t'ay dit tant de fois
Que ton amour me laisse & me tient aux abois,
I'ay choisi ce rocher pour viure en solitude,
Et tu la viens troubler, cruelle inquietude.

Meliador.

Belle Nymphe tu vois l'excez de mon amour,
Ie vis en te voyant.

Selidore,

moy ie meurs,

Meliador.

ô mon iour,

Mon Aurore,

Solidore.

Ma nuiEt,

Meliador.

Mes plaisirs,

Solidore.

Ma tristesse,
C'est trop m'importuner onereuse carresse,
Ta presence me pese, & ce peu de discours
Me blaisse iusques au cœur.

Meliador.

Quoy tu fuis,

Selidore.

Tes amours.

ACTE PREMIER.

Scene Troisiéme.

ROSAMIRE & NÉOPHILE Nymphes.

ROSAMIRE.

Vous me voulez mener au frais de ce bo-
     cage,   (rage,
Que sera mon troupeau seul dans ce pastu-

Neophile.

Il est en bonne main,

Rosamire.

          en quelle main ma sœur?

Neophile.

N'importe,

Rosamire.

                 dis le my,

Neophile.

         n'en ayez point de peur,

Rosamire.

Mais ie le veus sçavoir,

Neophile.

         vous en seriez faschée,

C

Rosamire.

Ie tiens à ma raison la tristesse attachée.

Neophile.

Vn certain qui ne vit qu'afin de vous seruir,
S'il estoit en danger le viendroit secourir,

Rosamire.

O son nom?

Neophile.

C'est Lusidan,

Rosamire.

tu luy sauuas la vie
Il y a quelque temps,

Neophile.

à luy mesme:

Rosamire.

ô l'enuie,
Ne veux-tu point sçauoir s'il est mon seruiteur?

Neophile.

Vn desir indiscret ne trouble point mon cœur,

Rosamire.

Ie ne le cognois point

Neophile.

dis tu vray: ton visage
a peint dedans ses yeux vne viuante image,

Rosamire.

On ne croit pas tousiours la main, ny le pinceau
Qui nous tire en secret pour former vn tableau,
Et puis ma liberté fuyant l'inquietude

Ne veut point que l'amour trouble ma solitude.

Neophile.

C'est trahir ſa beauté,

Roſamire.

ne parlons point d'amour
Il ſe tromperoit fort qui me feroit la cour,

Neophile.

Vne ingrate beauté eſt touſiours puniſſable,

Roſamire.

Ouy bien, lors qu'elle veut ſe rendre deſirable,

Neophile.

La beauté vient du Ciel c'eſt vn preſent des Dieux,

Roſamire.

Donc perſonne ne doit en eſtre glorieux,

Neophile.

Il faut ſe marier:

Roſamire.

à d'autres;

Neophile.

l'hymnée
eſt rempli de plaiſirs;

Roſamire.

pour vne matinée,

Neophile.

Ce diſcours eſt trop fort pour vn eſprit leger,
Eſcoutons la chanſon de ce ieune berger,

Rofanet.

Pour s'exempter du martyre,
Que fouffrent les amoureux
Il nous faut danfer & rire,
Et fe mocquer toufiours d'eux:
L'amour n'à point de raifon
Fuyóns toufiours fa prifon.

C'eft vn Dieu dont la puiffance
N'a rien de Diuin en foy,
Puis qu'il cherit l'inconftance
Et le manquement de foy,
L'amour n'a point de raifon
Fuyons toufiours fa prifon.

Il entre & regarde du cofté du Rocher,
Et dit.

Il faut que i'aille voir fi nos gens font d'accort,
Et fi mon compagnon, ou fa maiftreffe dort.
Neophile.
Ce berger chante bien, ie voudrois le cognoiftre.
Rofamire.
Quelque grace qu'o dit on veut toufiours paroiftre,
Bien qu'il foit inconneu il fuiura nos defirs,
Berger encor vn coup redouble fes plaifirs,
Ta chanfon nous rauit & ta voix gracieufe
Charme fi doucement:

Rosanet.

vous estes curieuse,
Mais qui peut refuser à vos contentemens
Ce que vous demandez?

Rosamire.

laissons les compliments,

Rosanet.

Elle est en bonne humeur,

Rosamire.

ie suis assez ioyeuse,

Rosanet.   (cheuse,

Mais lors que vous dormez vous faites la fas-
Quand ie vous ay trouuée au fond de ce rocher
Endormie.

Rosamire.

endormie,

Rosanet.

on n'osoit approcher,
Mon compagnon tout seul auecques le silence
Adoroit vos beautez en toute reuerence,
Mais qu'est-il deuenu?

Rosamire.

mais qu'est-ce que tu dis?
On parle de chanter, & quoy berger tu ris,

Rosanet.

Nullement.

Rosamire.

il le faut, ou la melancolie

trouble ton iugement,

Rosanet.

non ce n'est point folie,

Rosamire.

Ie vois bien mon amy que nous perdons le temps.

Rosanet.

Si ie suis vostre amy mes desirs sont contens,
Si ie me suis mespris ie ne perds rien au change,
Ie quitte vne Cypris pour adorer vn Ange;

Neophile.

L'Ange n'a point de corps,

Rosanet.

propre,

Rosamire.

c'est trop parler,

Rosanet.

Bien ne disons plus mot contentons nous d'aimer,

Rosamire.

Adieu, pardonnez moy

Rosanet.

ie vous irois conduire
Mais il faut chercher mon compagnon pour rire.

ACTE PREMIER.

Scene Quatriéme.

SELIDORE & MELIADOR.

MELIADOR.

V courez vous ma vie arrestez belle hu-
   meine,
Suis-ie vn fantofme affreux?

Selidore.

    non, tu m'es vne peine,

Meliador.

Que t'ay-ie fait mon cœur?

Selidore.

     rien que me difcourir,
De tes feux,

Meliador.

   & cela me doit faire mourir?

Selidore.

Mais que te fert d'aimer la beauté qui refufe
Ta prefence & tes yeux,

Meliador.

    elle me fert d'excufe,

Selidore.

D'excuses:

Meliador.

Helas d'excuse, amour qui ma surpris
Aux rais de tes regards me l'a toufiours appris.

Selidore.

Amour est vn trompeur il fait toufiours le maistre
Et n'enseigne iamais ce que l'on doit cognoistre.

Meliador.

Consulte ton miroir ou regarde dans l'eau,
Si ie n'ay pas subiet d'adorer vn tableau.

Selidore.

O Cruel tu m'offence, & tu picque ma playe,
Quand tu me parle d'eau, ou ie perdis ma ioye.

Meliador.

Mais ce Berger n'est plus il ne peut reuenir,

Selidore.

Il est toufiours present à mon ressouuenir.

Meliador.

Obiet: Cruel obiet, cause de mes supplices,

Selidore.

Obiect: diuin obiet digne de mes seruices.

Meliador.

Basilic inhumain qui tuë en ses regards,

Selidore.

On fuit le basilic dont tu aimes les dards.

Meliador.

Miserable Berger à quoy seruent tes plaintes,

Elle est sourde à tes cris. hà cruauté du sort
Qui consume mon cœur dans ces dures atteintes,
Finissez mes douleurs ou me donnez la mort
Ie prouue maintenant l'effort de ma misere,
Ie sens de mes tourments l'extréme cruauté,
En t'esloignant de moy tu m'ostes la lumiere,
Reuiens mon beau Soleil me donner la clarté,
Absent de tes beaux yeux ma lumiere est esteinte,
Helas ! ie n'en puis plus i'approche du trespas,
Et mon ame qui est dans tes liens contrainte,
Abandonne mon corps pour suiure tes appas,
Sus donc il faut mourir.

Selidore.

Hà que penses-tu faire?

Meliador.

Finir en peu de temps vne extréme misere,

Selidore.

Ie deffends cét excez,

Meliador.

deffendez mon tourment,

Selidore.

Il faut le soulager vn peu plus doucement,

Meliador.

Vous sçauez le remede à mon ame affligée,

Selidore.

Que te puis-ie berger? ie suis peu soulagée
Du mal qui me conduit tous les iours au trespas,

Meliador.

D

Vous me voulez guerir, & vous ne voulez pas,
Selidore.
Vouloir ce qu'on ne peut c'est vouloir l'impoßible,
Meliador.
Laißez moy l'esperance, il vous sera poßible,
Selidore.
Ie ne te l'otte pas ie ne veus pas außi
Que de ce bien trompeur tu flatte ton souci,
Meliador.
Que ce iour m'est heureux ou ie prens l'esperance,
Selidore.
C'est aßez pour vn coup
Meliador.
i'attends la iouyßance,
Selidore.
Retirez vous d'icy vain discours importuns
Meliador.
que mes biens sont communs
Il me faut obeyr.

ACTE PREMIER.

Scene Cinquiéme.

SELIDORE & MARSELIE.

SELIDORE.

Ypocrites faueurs dont ce berger volage
Tasche de releuer l'espoir de son courage,
Discours mal digerez, promesses sans des-
    sein
Qui me laissez pourtant des serpens dans le sein;
Ma langue la seduit contre mon innocence,
Son humeur m'a contraint d'vser de sa licence,
Et contre mes desirs luy donner vn beau ieu,
De se tromper luy mesme en me disant adieu,
Hà mon chair Lucidan céste veine esperance,
Que ie viens de donner seroit elle vne offence,
Iamais ma volonté n'approuua ce discours,
Ie n'auois dans le cœur que tes cheres amours,
Meliador viuant m'estoit moins agreable
Que l'ombre de ce mort qui me rend miserable,
Lusidan, Lusidan i'adore tes Cyprés,
Bien que l'amour d'vn fol me tallonne de prés,

D 2

Et tant que ie viuray ie te seray fidelle
Si l'ame ne meurt pas l'amour est immortelle,
Mais qu'est-ce que ie vois c'est Marselie qui vient,
Il faut me diuertir & changer d'entretien.

Marselie.

Qu'est-ce que vous auez ma chere Selidore
Ie lis sur vostre frond l'ennuy qui vous deuore.

Selidore.

L'absence de vos yeux source de mes plaisirs
Me cause ce tourment,

Marselie.

plustost vos desplaisirs,

Selidore.

Le crois-tu Marselie?

Marselie.

ouy ma chere compagne,
Reposons nous vn peu sur la verte campagne,
Et si tu m'as caché ton pays ta maison,
Tes parens, tes amis, presque ton propre Nom,
Descouure moy ton cœur, le mal qui nous possede
Quand il s'est fait sçauoir a trouué son remede.

Selidore.

Mais si tu le cognois nous souffrirons tous deux,

Marselie.

Il faut ainsi guerir vn tourment dangereux,

Selidore.

Ie recognoy icy ton amitié fidelle,

Marselie.

Ie t'ay dit tant de fois quelle eſtoit immortelle,
    Selidore.

Sçache donc Marſelie à quel poinct de malheurs
L'amour a deſuoüé mais plus douces faueurs,
I'aimay ie le confeſſe vn berger adorable,
Qui n'auoit rien en luy qui ne fut agreable,
Il me ſuiuoit auſſi, ie ſuiuois ſes appas
Et ſes yeux & mon cœur marchoient d'vn meſme
    pas,
Nos deſtins enlacez parloient dedans nos ames
Des meſmes qualitez qui nourriſſoient nos flames,
Il me parloit des yeux, ie luy parlois du cœur,
Et dans ce doux plaiſir chacun eſtoit vainqueur,
Heureux commencemens d'vne rude fortune,
Ton ſeul reſſouuenir maintenant m'importune,
Pour iuger de l'amour il faut eſtre bien fin,
Et pour iuger du ſort il faut en voir la fin,
Ces plaiſirs commençoient auec tant d'abondance
Que pour les ſupporter ie manquois de puiſſance,
Nos parens les agreent & pour eſtre contens
Ils veulent qu'vn hymen nous ioigne en meſme
    temps;
Mais, ô cruels deſtins, auray-ie le courage
De raconter icy voſtre inſolente rage,
Mon pere pour combler nos plaiſirs amoureux
Diſpoſe vne partie & nous meinent tous deux,
Ma mere l'accompagne & quittant le village
Il nous conduit au lieu d'vn prochain heritage,

Nous trouuons en chemin la riuiere à nos pas
Qui nous dit en courant vous ne passerez pas,
Nous prenons le basteau, elle baisse l'eschine
Et semble en nous portant quelle fait bonne mine,
Nous fendons son crystal pour le mieux trauerser:
Vne branche m'enlace & me fait renuerser,
O funestes rameaux, isles infortunées,
Homicides cruels de mes ieunes années,
Ie tombe dedans l'eau & ses flots exitez
Murmurent me portant & font les irritez,
Mon berger court apres & sautant de la barque,
Il expose sa vie aux rigueurs de la Parque,
Il me prent d'vne main & repoussant les flots,
De l'autre, il se fit voir le Dieu des matelots,
Il me ramene au bort chacun me croyoit morte,
Ce qu'on peut de remede aussi tost on l'apporte,
On pleure ma ieunesse on deteste le iour,
On murmure de l'eau qui trahit mon amour,
Mais ce pauure berger, ô Ciel le puis-ie dire,
Me sauuant de la mort a trouué beaucoup pire:
Les soins de mes amis prompts à me soulager
Negligerent le sort de mon chaste berger,
Le trauail enduré & l'eau qu'il auoit beuë,
L'affoiblirent si fort qu'on le perdit de veuë,
Depuis ce temps fatal on ne l'a peu reuoir
Chacun pour le trouuer à fait tout son pouuoir,
Que l'eau qui me remplit ne m'a elle estouffée
Pour tirer de nous deux son iniuste trophée.

Marselie.

Sans rompre vos discours sceustes vous tost apres
Cét accident?

Selidore.

estant au logis assez pres,

Marselie.

Qui vous le dit,

Selidore.

mon pere en me faisant deffence
De me fascher, helas! la cruelle sentence,
Ie fus trois mois entiers que ie pensois mourir,
Mais la constance en fin m'est venu secourir,
Ie resolus alors d'estre tousiours fidelle
Et ie luy garderay ma promesse eternelle.

Marselie.

Qu'est-ce qui vous fait voir ce pays estranger,
Et qui vous fait icy cognoistre ce berger.

Selidore.

Mes parens pour flatter l'excez de ma tristesse,
M'ont fait venir icy, car ie fus la maistresse;
De ce berger fascheux qui m'a tant fait crier
Premier qu'à Lusidan on me d'eust marier,
Quelquefois en aimant vne beauté s'irrite,
Mais quoy cét importun aduançoit sa poursuite,
Mon pere y consentoit, quand il vint rechercher
Ses premieres amours il me fallut cacher,
Et changer de pays, que ie suis malheureuse
Il me retrouue encor mais bien plus dedaigneuse,

Ie seruiray Diane au pied de ses Autels,
Ie brusleray dessus les Myrtes immortels
Ie n'aimeray iamais.

Marselie.

il faut prendre courage,
Et tromper vos ennuys çà commencez l'vsage,
De chasser aux forests ce diuertissement
Aux trauaux de l'esprit sert de soulagement.

A la Chasse.

Pour le premier chœur vn bal de Chasseurs.

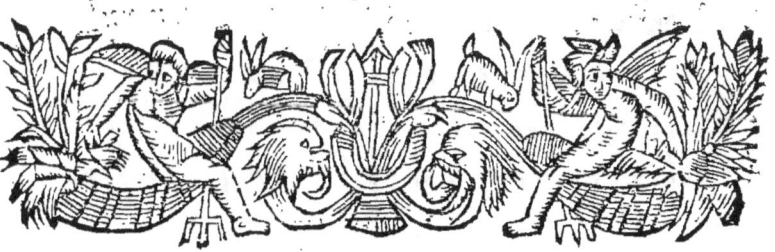

ACTE SECOND.

Scene Premiere.

GELADON & LVSIDAN
Bergers.

GELADON.

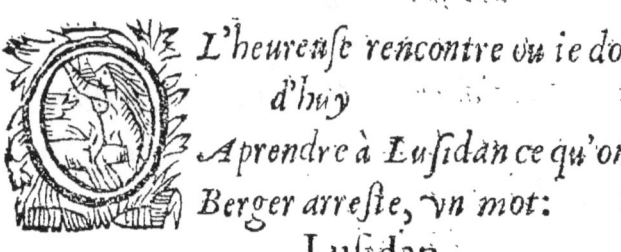

L'heureuſe rencontre ou ie dois auiour-
      d'huy   (luy,
Aprendre à Luſidan ce qu'on penſe de
Berger arreſte, vn mot:
Luſidan.
            que veus-tu?
Geladon.
               patience,
Me reſpondant ainſi bruſquement tu m'offence,
Ie cognois vn ſecret que tu voudrois ſçauoir,
Luſidan.
Quand vn affaire preſſe on manque à ſon deuoir,

E

Quoy i'entens Lusidan, seroit-ce bien son ombre
Qui se promene encor en ce boccage sombre,
Escoutons-le parler, hà: c'est luy que i'entends,
Il change mon amour en d'autres passetemps.

Geladon.

Si tu sçais les desirs de ta chere maistresse
Que feras-tu berger?

Lusidan.

O flatteuse carresse,

Geladon.

Ie dis vray:

Lusidan.

ie le crois!

Geladon.

ma Nymphe n'a sceu trouuer,
Le triomphe asseuré si tu veux l'esprouuer.

Lusidan.

Mais quoy sa haine extréme allume des coleres
Contre les sentimens de mes longues miseres,
Ces mespris ont changé?

Geladon.

tout n'est que fauorable,
Espere asseurément tu seras agreable.

Lusidan.

Tu n'y pourras seruir, plustost l'humide plaine
Se verroit labourer quelle changent de haine,

Geladon.

i'en seray le vainqueur,

Lusidan.

Si cela est amy, tu me rendras mon cœur,

Gelidon.

Ton cœur: vis-tu sans cœur, fontaine de la vie;

Lusidan.

Helas! ouy Geladon celle qui te conuie,
De me parler ainsi, à des charmes si forts
Que mõ cœur vit en elle & non pas dans mon corps,

Geladon.

L'amour peut tout cela, s'il peut bien autre chose,

Lusidan.

Il fait en se iouant cette metamorphose,

Geladon.

C'est vn effect puissant,

Lusidan.

neãtmoins le plus doux,

Geladon.

Qui fait que les Amants viuent cõme des foulx,

Lusidan.

Quand ie me ressouuiens que tes rets me pescherent
Lors que roulant dans l'eau ses flots m'enueloperent,
Ces filets par hazart me tirerent au bort,
Et trouuerent pour moy la fortune & la mort,
La Fortune & la mort, car sorti du naufrage
Et mes seuls retournans à leur premier vsage,
Ie receus par les yeux que ie venois d'ouurir,
Les traicts d'vne beauté qui me firent mourir,
Ie vis ce beau Soleil, ie mourus en moy mesme,

Pour y viure tousiours c'est vne mort extresme,
Et sentant que ses bras me tenoient embrassez,
Ie vis nos bons desseins fortement enlacez.

Gelidon.

L'accident fut heureux.

Lusidan.

mais il changea de face,

Geladon.

Le malheur bien souuent prent vne bonne place,
Il me souuient alors que reprenant les sens,
Tu formois ce discours en de tristes accents,
Selidore mon ame, es-tu morte ma vie,
Selidore ! hà mon cœur la Parque ta rauie,
Elle entendit cela.

Lusidan.

Ie crois que ie le dis
Ie parlois d'vne sœur que dans l'eau ie perdis,
Et la voulant sauuer ie me trouuay moy-mesme,
Engagé par les flots dans ce peril extresme.

Geladon.

Ie voudrois qu'elle sceut que ces tristes discours
N'estoient point exitez par de folles amours,
Elle se gueriroit de ces vaines caprices

Lusidan.

Quand ie parle elle fuit, i'ay creu que mes
supplices,
Se feroiem par le feu, car deliuré de l'eau
Ie brusle dans ses yeux, & i'y faits mon tombeau,

Geladon.

Espere Lucidan ie feray mon possible
Pour la rendre traictable; allons voir Neophile,

ACTE SECOND.

Scene Seconde.

SELIDORE MARSELIE.

Selidore sort du bois ou elle estoit cachée,
escoutant les discours de ces Bergers.

SELIDORE.

Vis-ie morte ou viuante, ay-ie veu des
      Fantosmes,
Mes yeux sont-ils charmez sous vn voile
      d'Atosmes,
Hà! noires cruautez, hà! perfide, hà! trompeur,
Falloit-il me traicter auec tant de rigueur,
Falloit-il me tirer de l'eau pour me destruire,
Dans les feux ennemis d'vn perfide martyre,
Lusidan, Lusidan, ne crains-tu point les Cieux

Ils connoisent ton crime, il leur est odieux,
Leur iustice a des mains pour punir les perfides,
Que ne feront-ils pas contre les homicides,
Tu porte sur le frond l'horreur de ces pechez
Tes yeux mes ennemis en paroissent tachez,
Astres de mon malheur, importunes comettes,
Que ie pris autrefois pour d'heureuses planettes:
Ie deuois regarder vos taches de plus prés,
Et croire que vos feux nourrissoient mes Cyprés,
Mais le temps est passé, ie me trouuè surprise
Vne desloyauté me rendra mieux apprise,
C'est ma facilité que ie dois accuser
On la peut neantmoins iustement excuser,
Qui ne seroit surpris aux promesses flateuses,
Qui ne iurent qu'Amour, ô paroles trompeuses:
Asseurer vn Amour par tant de iurements
Sans y estre forcé contre ses sentiments,
Se ietter dans les eaux au peril de la vie,
Et deux heures apres auoir vne autre enuie,
Et me repudiant ce perfide trompeur,
Pour le nom de Maistresse apres celuy de sœur;
Ie ne suis point ta sœur, non plus que ta maistresse,
Ne flatte point ton cœur d'vne vaine promesse
C'est vne qualité qui ne te conuient pas,
Voudrois tu bien causer à ta sœur le trespas,
Vne sœur se ressent des fautes de son frere,
Elle en rougit souuent aussi bien que son pere,
Si ie rougis pour toy c'est seulement l'excez,

De ta desloyauté qui cause ces accez,
Retirez-vous de moy douleurs, souspirs, complain-
    tes,
Car ie veux me vanger d'vn trompeur par des
    feintes:
Mon esprit me fournit vn glorieux dessein
Pour sçauoir les secrets qu'il porte dans le sein,
Il faut me reuestir d'vn habit de magie,
Porter vn liure en main auec vne effigie,
Ie l'iray rechercher, soit de nuict, soit de iour,
Et ie le ietteray sur le discours d'amour,
Et tout ce que ie sçais par mon experience,
Ie feray qu'il croira que c'est par ma science,
Ie conduiray si bien mon dessein pas à pas.
Qu'il se trouuera pris ou il ne pensoit pas,
Mais qu'est-ce que ie vois, ô rencontre importune?
Marselie luy faut déguiser ma fortune,
Ma compagne est-ce vous qui venez de chasser?

Marselie.

Selidore m'attent, & me laisse passer,
Elle m'auoit promis quelle iroit à la chasse,
Et il y a long temps que seule ie pourchasse,
Vne ourse, i'ay couru les routes des forests.

Selidore.

Il me faut excuser, Morphée a tant de rets,
Il engage nos sens & ces douces carresses
Souuent nous font manquer d'accomplir nos pro-
    messes,

Mais ie suis estonnée ayant veu en dormant,
Milles choses.

Marselie.

Et moy i'en ay veu tout autant,
Le sommeil m'a surpris estant toute lassée
Et i'ay veu deuant moy l'ourse que i'ay chassée,
Courre fort doucement & repaistre sa faim,
Ie ne sçais pas dequoy, mais i'ay eu le dessein
De la tirer alors, car i'ay dit en moy-mesme
Il faut que ie la tuë en ce danger extresme,
Où ie me vois reduite ; en disant i'ay lasché
Le traict victorieux que i'auois descoché,
Elle est morte à mes pieds, mais tousiours estonnée
La crainte ne m'a point iamais abandonnée,
Le sommeil retiré m'est vn soulagement,
Qui ne desire plus qu'vn diuertissement.

Selidore.

Tout cela ma compagne est vne cognoissance,
Que vous endurerez quelque grande souffrance,
Mais ie n'ay pas loisir de vous entretenir,
Il faut aller au Temple.

Marselie.

Adieu.

Selidore.

pour reuenir.

ACTE SECOND.

Scene Troisiéme.

LVSIDAN & ROSAMIRE.

LVSIDAN.

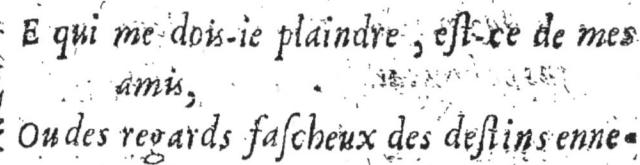

E qui me dois-ie plaindre , est-ce de mes
amis,
Ou des regards fascheux des destins enne-
mis?
L'Amour m'est vne mort, mais plustost vn supplice
Où la vie me fait vn inique seruice,
Car ie meurs en viuant & ie vis tous les iours,
Esclaue d'vne mort qui n'a point de secours,
La Nymphe que ie sers deuient plus rigoureuse,
A mesure que croit ma langueur amoureuse,
I'adore ses regards cause des mes souspirs,
Et ie n'ose rien plus que flatter mes desirs,
Son humeur me rauit bien que pour mon dommage,
Mais elle n'aime rien c'est ce qui m'encourage,
Si ie ne suis aimé vn autre ne l'est pas,
Vn compagnon qui meurt adoucit le trespas,
Que Cephale auoit tort de mespriser l'Aurore,

F

Ie ne puis me sauuer de ces traicts que i'adore,
Ouy ie la veux aimer, ses desdains, ses mespris
Valent mieux que l'amour de quelqu'autre Cypris,
Vne fidelité qui poursuit sa requeste,
Merite bien souuent le prix de la conqueste,
Ie n'estime iamais ces amants indiscrets,
Qui ne veulent seruir que pour leurs interests,
Voicy venir quelqu'vn que ie vois par derriere,
Ie croïs que c'est ma Nymphe, ô Dieux quelle misere,
Afin quelle me trouue il faut me retirer,
C'est vn fer que l'Aimant ne sçauroit attirer,
Ie m'en vay me cacher au fond de ceste roche,
Ou dans ce bois taillis pendant quelle s'approche.

Rosamire.

Que ces grandes forests nourrissent de douceurs,
Dessous les tapis verds de leurs molles fraîcheurs,
Quel plaisir de passer tout le cours de son âge
Entre les bras d'azur de ce vaste bocage,
Quel plaisir d'escouter les amoureux concerts
Que les chantres de l'air font parmi ces deserts,
Heureux qui peut dormir auec que le silence
Sur ses couches de fleurs assis par negligence,
N'estant point tourmenté des importuns desirs,
Qui troublent bien souuent les plus rares plaisirs,
Ie vous rends grace, ô Dieux de m'auoir exemptée
Des folles passions d'vne amour insensée,
Heureuse liberté de mes contentemens
Qui sauue ma raison de ces rudes tourmens,

Qui vous pert, il se plaint, il se fasche, il souspire
Digne d'estre mocqué puis qu'il veut son martyre,
Il deteste la vie, & demande la mort
Et neantmoins il est le pere de son sort,
Non, ie desire viure en ce lieu solitaire
Ma liberté me suit l'Amour vient me desplaire.

Lusidan.

Hà ! dure liberté, cruel contentement
Qui ne me cause rien qu'vn rigoureux tourment.

Rosamire.

Qu'est-ce qui me respond?   Echo

Lusidan.

Non son semblable,
Car l'Amour la trahit qui me fait miserable.

Rosamire.

O le plaisant discours qui donne de la peur.

Lusidan.

Ie dois bien mieux trebler puis que ie vis sans cœur
Vos yeux me l'ont rauy.

Rosamire.

c'est pourquoy ie me cache
Crainte de te blesser,

Lusidan.

mais il faut que tu sçache
Que tu me peux guerir autrement.

Rosamire.

si mes yeux
Te causent ce tourment il faut t'esloigner d'eux.

Lusidan.

Ie les dois adorer au peril de ma vie.

Rosamire.

Ie ne suis pas vn Dieu pour estre ainsi seruie,

Lusidan.

Si ie te crois Déesse accuse tes regards
Qui me trompent.

Rosamire.

Les Dieux seroient par les hazards,
L'erreur d'vn œil blessé changeroit la Nature,
S'il falloit consentir à ce qu'il se figure,
Guerit toy par les yeux si les yeux t'ont surpris
Tu viuras en repos & seray mieux appris.

Lusidan.

Ie ne suis point trompé rauissante Deesse,
Car ton œil ne m'eut point dans sa douce caresse.

Rosamire.

Si tu veux m'adorer sers moy comme les Dieux,
Qu'on ne vois qu'en esprit & non pas par les yeux.

Lusidan.

Ie ne puis m'esloigner de ta chere presence
Et si ie dois mourir ce n'est qu'en ton abscence,

Rosamire.

Aimer vne beauté sans son consentement
C'est aymer par contrainte ou temairerement,
Tu me dois obeir.

Lusidan.

Ie le feray sans cesse

Rosamire.

Esloigne toy de moy berger.

Lusidan.

O ma Deesse,
Ie vous dois obeir, mais l'Amour me deffend.
D'asubiettir ma vie à ce commandement,
Ce qu'on doit commander est ce que l'on peut faire.

Rosamire.

Ie vois bien que iamais tu ne me sçaurois plaire.

Lusidan.

Quoy mon amour si fort ne sera reconnu,

Rosamire.

Tout ce qui me desplaist me demeure inconnu.

Lusidan.

Hé! que vous ay-ie fait pour m'estre si cruelle?

Rosamire.

Tu vas recommencer ta premiere querelle,
N'espere point de moy, ni du mal, ni du bien
Vis comme tu pourras, chacun garde le sien.

Lusidan.

Mais dites moy pourquoy mon amour vous offence.

Rosamire.

Il rompt ma liberté.

Lusidan.

C'est vne bien-veillance,
Qu'on donne sans la perdre, ou pour recompenser
Vne amitié fidelle ou pour s'en dispenser,
Dans la ciuilité qui n'est point deffenduë,

Rosamire.

Ceste ciuilité berger m'est inconnuë.

Lusidan.

I'estime liberté quand deux amis contens
Ont vn mesme vouloir & mesmes sentimens,
Que la ciuilité fidellement assemble,

Rosamire.

C'est ton opinion neantmoins il me semble,
Qu'il faut tousiours choisir l'absolu commander,
Pour viure en liberté & ne rien demander.

Lusidan.

La beauté vous acquiert cèt Empire de gloire,

Rosamire.

Que cela soit ou nom i'en cherche la victoire,
Les amants sont flatteurs ie les tiens pour suspects,

Lusidan.

Il vaut mieux les tenir pour ses humbles subiets

Rosamire.

Subiets qui tous les iours font milles insolences,

Lusidan.

Quand vous commanderez ils suiuront vos deffences.

Rosamire.

Il a beau commander qui n'est point obey,

Lusidan.

Qui veut bien commander n'est point desobey.

Rosamire.

Chacun flatte ses sens,

Lufidan.

L'Amour a des oreilles.

Rofamire.

Qu'il bouche quand il veut,

Lufidan.

Il fait tousiours merueilles

Rofamire.

Non pas pour obeyr : treuues de ce difcours,
Entretien autre part.tes refueufes amours.

ACTE SECOND.

Scene Quatriéme.

LVSIDAN & SELIDORE
Déguisée en Magicienne.

LVSIDAN.

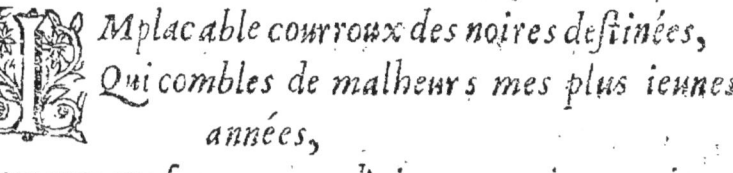

Mplacable courroux des noires deftinées,
Qui combles de malheurs mes plus ieunes
  années,
Pourquoy me forcez vous d'aimer ce qui me nuit
Et de courre aux mefpris de celle qui me fuit,

J'aimeray neantmoins mes fers & mes miseres,
Que ie viens souspirer en ces bois solitaires,
Mais qu'est-ce que ie vois entre ces arbres vers
C'est vn Magicien qui murmure ses vers,
Non : ie me suis trompé car ie vois vne fille,
Son sexe en ce mestier la rendra plus habille,
Il faut la consulter pour sçauoir auiourd'huy,
Le temps qui doit finir vn si cruel ennuy.

La Magicienne.

Qu'est-ce qui vient troubler en ses boccages som-
bres
Les esprits éuocquez de l'Empire des ombres,
Quelqu'vn m'empesche, il faut que ie cherche par
tout
Quand ie deurois courir ce bois de bout en bout,
Berger que fais-tu là qui te porte à me nuire?

Lusidan.

Ce n'est pas mon dessein : tu me pourras instruire,
Au subiect d'vn amour qui demeure inconnu.

La Magicienne.

Est-ce là le subiet pourquoy tu es venu?

Lusidan.

Ouy, pour le consulter en tes noires escoles,

La Magicienne.

Ie m'en vay cependant dire quelques paroles,
Prepare toy Berger.

Lusidan.

ie suis tout preparé,

Faut-il quand tu liras me tenir separé?

la Magicienne.

N'importe nos secrets qui se font en silence
N'ont iamais de tesmoins, mais quand nostre science,
S'applique à consulter le demon de l'Amour,
Celuy qui nous employe y peut estre de iour.

Lusidan.

Fais tout ce que tu veux.

la Magicienne.

il faut donc que tu sçache
Que ie cognois ton nom, & l'obiet qui te fasche,
Ce que tu as aimé, ce que tu aimes encor
Prens de l'eau que ie tiens qui fait les lettres d'or,
Escris trois noms : le tien, celuy de la premiere,
Que tu aymes le plus, & puis fais ta priere.

Lusidan.

I'ay fait ce que tu dis,

la Magicienne.

donne moy promptement
Ce papier; ces trois noms escris ensemblément,
Me font voir au premier la Nymphe Rosamire,
Et Selidore apres, cause de ton martyre:
Tu aime Rosamire, hé! tu rougis berger?
Ne crains point mes Demons, tu n'es pas en danger:
Retire toy vn peu car ces ceremonies
Où il me faut souffrir quelques dures manies,
Te causeroient la peur assez pour expirer,

Lusidan.

G

Voicy de grands secrets il me faut retirer.

**La Magicienne fait vn cerne & se met au
milieu auec vn flambeau noir, & lit.**

la Magicienne.

*Berger approche toy, ie trouue dans ta vie
Que mille passions chaque iour l'ont suiuie,
Tant de desseins changez nullement resolus
Des volontez d'aimer, des desirs superflus;
Tout cela ramassé dans le fond de ton ame,
Te tourmente beaucoup.*

Lusidan.

                *mais vne seule flame
Qui me brusle auiourd'huy me fait tout oublier,
C'est à quoy seulement tu dois remedier.*

la Magicienne.

*Ie le sçais bien : l'Amour ne gardoit rien de pire
A u repos de tes iours que l'œil de Rosamire,
Elle ne t'aime pas, mais il faut dire aussi
Qu'elle ne te hait pas, tu prends trop de souci,
A gouuerner le sort qui n'aime point ta gloire.*

Lusidan.

Elle m'aime.

la Magicienne.

               rien moins

Lusidan.

                qui en a la victoire?

la Magicienne.

On ne l'a pas encor, mais on la doit auoir.

Lusidan.

Est-ce moy?

la Magicienne.

Non:

Lusidan.

Et qui?

la Magicienne.

ie te le ferois voir
Mais on ma deffendu de t'ouurir ce mystere:

Lusidan.

Le cognois-tu vrayement cet ennemi contraire,

la Magicienne.

Attends iusques à la fin:

Lusidan.

que fera ton discours
Tu as desia conclu pour finir mes amours,
Rosamire aimera mais vn autre, ô parole
Qui me naure le cœur!

la Magicienne.

plustost qui te console,
N'est-tu pas bien heureux de sçauoir ce secret
Afin que ton amour desormais soit discret.

Lusidan.

Mais qu'ay-ie à mespriser?

la Magicienne.

tu n'as que du merite,

G 2

Mais c'est qu'il faut aimer en autre part.

Lusidan.

tu m'irrite,

la Magicienne.

Les destins l'ont conclud.

Lusidan.

ils ont conclud ma mort,

la Magicienne.

Non : seulement ta peine,

Lusidan.

ô cruauté du sort.

la Magicienne.

Les Dieux vengent tousiours l'innocent du coul-
pable,
Tu as donné ta foy, Selidore est aimable
Qui te croyant perdu te cherche par les yeux,

Lusidan.

Elle pleure ma mort ; est-il possible, ô Dieux!
Que sa fidelité suruiue à mon offence,

la Magicienne.

Tu peux t'en repentir.

Lusidan.

Helas ! qu'elle apparence
Son amour est passé i'en ay fait vn nouueau
On oublie l'Hyuer au temps du renouueau.

la Magicienne.

Bien : reçoit cet anneau afin que ta Maistresse
Par ses charmes cachez desormais te carresse,

Il te faut obseruer tous les commandements
Que ie te fais icy

Lusidan.

ce sont mes sentiments,

la Magicienne.

Entre dedans le Temple à l'heure du seruice
Et touche de ta main le feu du sacrifice,
Et va droit presenter à ta Nymphe i'anneau
Et tu verras vn ieu fort gentil & fort beau.

Lusidan.

Ie ne sçais point de Temple ou l'on fasse la feste
Qu'en celuy de Diane du peril de la teste,
On en deffend l'entrée aux hommes.

la Magicienne.

inconnus
Mais non pas à ceux là qui sont les resolus,
La Deesse remet ces offences legeres
Quand pour de bons subiets on fait les temaireres.

Lusidan.

Ie veux parfaitement auiourd'huy t'obeir,

la Magicienne.

Mais ie te veux encor autrement secourir,
Fay moy venir ta Nymphe en ce lieu solitaire:

Lusidan.

Sa Compagne auiourd'huy nous le pourra bien
faire,
Ie m'en vay la prier.

la Magicienne.

Dieux qu'il est indiscret
Il doit entrer au temple il verra son secret;
Clairement descouuert, sa noire perfidie
Le rendra conuaincu de ce qu'il ma trahie,
Et ie m'y trouueray pour luy mieux reprocher
Que son cœur est plus dur qu'vn solide rocher,
Il croit qu'il a gaigné, Dieux aidez ma vengeance,
Et faites voir icy vostre iuste puissance.

ACTE SECOND.

Scene Cinquiéme.

MELIADOR.

Dieux ! diray-ie du Ciel ou des tristes enfers
N'estes-vous pas contens des maux que
i'ay soufferts,
N'ais-ie point contenté l'excez de vos coleres
Depuis le iour fatal de mes longues miseres?
Vne ingratte beauté mesprise mon amour
Cela me fait souffrir des tourmens nuict & iour,
Miserable berger iouet des destinées
Tu souffre plus de mal que les ames damnées,

Ceste Magicienne a fait voir à tes yeux,
Le berger Lusidan pour vn Fantosme affreux,
Il est viuant, helas ! que la foible croyance,
De sa mort indiscret ta donné d'esperance,
Sa vie en vn moment me condamne à la mort,
C'est vn contraire effect des caprices du sort
Malheureux soit le iour que ie vis sa Maistresse
Ma liberté viuroit sans aucune tristesse,
Desirs mal asseurez ingrate passion
Qui ne me donne rien que de l'affliction :
Ie ne puis supporter de si cruelles peines
Ie ne puis plus traisner de si pesantes cheisnes :
L'amour, la ialousie auec le despoir,
Exerce en mesme temps son inique pouuoir
Et ces trois ennemis vnissants leur puissance
Accablent ma raison d'vne mer de souffrance,
La mort me peut aider il faut donc me guerir
Et finir mes tourmens en me faisant mourir ;
Mourons Meliador c'est vn remede aymable,
Qui rend en peu de temps heureux vn miserable,
Bien que mes ennemis doiuent prendre mes maux
Pour rire en se mocquant, sortons de nos trauaux :
Ie sçais que Lusidan trouuera de la gloire
Me voyant à ses pieds seruir à la victoire,
O iour, funeste iour, ô berger malheureux
Seras-tu plus content au Palais stygieux,
A quoy resoudras-tu ta raison balancée
Par la iuste fureur de ton ame insensée,

Toutefois il vaut mieux s'accorder au trespas
Que de souffrir tousiours la mort à chaque pas:
Ha! rocher, ou plustost retraite sanguinaire
Des lutins enragez, grotte de ma misere,
Où ie trouuay dormante à ton ombre hideux
Celle qui m'a rendu dans l'excez malheureux:
Que le foudre lancé te reduise en poussiere
Ie voudrois que le Ciel escoutast ma priere,
Où que i'eusse les mains des plus puissants Demons
Qui roulent en se iouant les plus superbes monts,
Ie briserois ton front, & ces pointes cornuës
Desquelles vainement tu menaces les nuës,
Mais que, di-ie? il vaut mieux te choisir mon tombeau,
Que le destin fasché te change de nouueau.

CHŒVR DE DIANE ET
de ses Nymphes.

Marselie, Rosamire, Neophile.

DIANE.

CEs buis ou le silence dort
Seront interrompus de nos Meutes sacrées,
Vrayement l'Aurore à eu grand tort:

D'emperler auiourd'huy ces plaines diaprées,
Nous ferons moüillez en paſſants
Deſſous ces fueillages humides
Si le Soleil ne vient de ces perles liquides,
Lauer ſes mains en ſe leuant.

Marſellie.

L'Aurore vous à veu paſſer,
Elle connoît voſtre excellence,
Le Zephyre luy dit que vous allez chaſſer,
Pour vous faire la rèuerence
Les heures luy ont appreſté
Dans vn vaſe d'or & d'yuoire,
Ce quelle donne à voſtre gloire,
En prenant ſon habit d'Eſté,

Roſamire.

Deſcouplons nos chiens mes compagnes,
Icy le cerf fait ſon reſuy
Approchons finement de luy,
Sonnons du cor dans ces campagnes:
Ie conieĉture ſa grandeur
Par les erres & les fouleures,
Et ie iuge en ces abatteures,
La force de ſa peſanteur.

Neophile.

Nymphe ne laſchez voſtre chien
Car il cacquetera trop toſt,
Il n'eſt pas vieux comme le mien,
Et n'eſt pas meſme ſi diſpos,

H

Que s'il pouuoit fauſſer le fort
Et lancer le cerf ou la beſte,
Voilà ma fleſche toute preſte,
Pour luy porter bien toſt la mort.

Diane.

Mes filles preparez vos darts,
Remarquez vous ces repoſées,
Et ces bauges de toutes parts,
Si vous eſtes bien diſpoſées,
Nous mettrons auiourd'huy ou le Cerf aux abbois,
Où nous tuerons par noſtre adreſſe
Sans nous donner beaucoup de preſſe
Quelque ſanglier dans ces bois,

Marſellie.

Prenons garde à toutes ſes ruſes
De ne croiſer nos chiens,
Ie voudrois maintenant que i'euſſes,
Les baux qui ſont entre les miens,
Ils ſont de haut nez forcenants
Beaux chaſſeurs & bien requerants,
Sans ſe rompre au bruit de la chaſſe,
Et garde mieux le change auſſi,
Mais ie ne les ay pas icy
Il faut que la trouppe s'en paſſe.

Roſamire.

Tendons-en cernes nos filets,
Enfermons toutes ſes ſorties,
Il n'aura point de reparties

S'il eſt ſurpris dans ces lacets.

Neophile.

Mais qu'eſt-ce que ie vois la bas
La beſte eſt ſurpriſſe au paſſage,
Nymphes courons prenons courage
Tantoſt nous aurons du ſoulas,
O Dieux ! c'eſt vn enfant qui crie,
Il faut le regarder de prés
Il faut maintenant que ie rie,
De voir les Myrtes en Cyprés

Diane.

Amour qui s'eſt laiſſé ſurprendre
Bien que nous ne le chaſſions pas,
Vne autrefois pour luy apprendre,
A ne troubler point nos esbats:
Il faut qu'il paye ſa rançon,
Mes filles cependant qu'on le mene en priſon.

H ij

ACTE TROISIESME.

Scene Premiere.

LVSIDAN & GELADON.

LVSIDAN.

N fin i'ay rencontré l'amy que ie cherchois,
Geladon.

Tout prest à te seruir,

Lusidan.

comme ie desirois,

Geladon.

Commande à Geladon,

Lusidan.

plustost ie le supplie,

Dans la ciuilité d'vne humble courtoisie,
Qu'il die à Neophile

Gelidon.

& quoy

Lusidan.

ces mots secrets,

Qu'vne Magicienne à l'ombre des forests
L'attente pour luy parler, tu sçais mon infortune,

Et l'amour du bel œil qui tousiours m'importune,
Il faut que i'aille au temple afin de la tromper,
Par vn anneau charmé que ie viens d'apporter,
Et que touchant les feux sacrez à la Deesse
Ie luy monstre en passant, il faut bien de l'adresse,
Les manes appellez à cela tout exprés;
L'ordonnent

Geladon.

                    tu verras tes Myrthes en Cyprés
Si tu ose troubler le culte de la feste,
Dans le Temple,

Lusidan.

                    i'en sçais euiter la tempeste
Ie me trauestiray & prenant vn habit
I'entreray finement sans aucun contredit,

Geladon.

  Mais pour toucher l'odeur de l'encens allumée,
Comment t'y prendras-tu?

Lusidan.

                    si tost que la fumée,
Volera dedans l'air i'aduanceray mes pas
Comme pour trauerser, on ne me verra pas:
Et i'approcheray d'elle estendant sur ma teste,
Ma main qui portera la bague toute preste,
Ie feray quelque bruit & ses yeux en passant,
Se tourneront dessus.

Geladon.

                    ce dessein est gallant,

Mais ie crains le hazard.

Lusidan.

sans craindre il est possible

Geladon.

L'amour ne trouue rien de grand ni d'impossible,

Lusidan.

Il est vray,

Geladon.

mais pourtant si vous estes connu

Que ferez-vous?

Lusidan.

l'habit me rend trop inconnu,

Geladon.

Mais quoy si ainsi est?

Lusidan.

i'ay resolu l'affaire

Arriue qui pourra que tout me soit contraire,
Il me faut acheuer ce que i'ay entrepris,

Geladon.

Prends garde Lusidan que tu ne sois surpris.

Lusidan.

Il ne faut seulement qu'enuoyer Neophille
Conduire Rosamire ou demeure la fille,
Qui dans ce bois sacré deuine le futur,
De cela seulement despend tout mon bon-heur.

Geladon.

Ie m'en vay la chercher,

Lusidan.

tu prends bien de la peine,

Geladon.

Parle moy franchement, bien tost ie te l'ameine;

Lusidan.

Non: mais quelle coure seule escouter les secrets
Des manes euoquez aux creux de ces forests.

Geladon.

Ie le feray berger, ie suis à ton seruice,

Lusidan.

Tu me deliureras d'vn estrange supplice,

Geladon.

Adieu mon cher amy,

Lusidan.

iusqu'au retour berger
Si tu veux tu pourras puissamment m'obliger,

Geladon.

Ne crains point Lusidan ie garde ma parole,

Lusidan.

O Dieu! qu'vn bon amy quand il veut nous con-
sole,
Souuenir de mon bien qui me rendez heureux,
Dans l'espoir d'obtenir ces regards amoureux,
Ie verray ces beaux yeux ces Soleils de mon ame,
Qui consument mon cœur d'vne si douce flame,
Ie verray ce beau front ou se pert ma raison,
Et ie verray la main qui me mit en prison:
Iour, adorable iour, grand iour de mes delices,
Que i'espere de vous d'agreables seruices,

Iour qui dois couronner mon fronds victorieux
D'vn cercle verdissant de Myrthes glorieux,
Où l'Amour me rendra sa couronne de gloire,
Aduancez le moment promis à ma victoire
Hà! voicy Rosanet il faut me déguiser.

Rosanet.

Lvsidan est-ce toy tu as beau resister,
Ie te verray de pres

Lusidan.

laisse moy ie te prie,

Rosanet.

Es-tu viuant ou mort? ie suis de ta patrie.

Lusidan.

Qui es-tu?

Rosanet.

Lusidan tu ne me connois plus,

Lusidan.

Non ne me trouble point de discours supperflus
Ie ne te vis iamais,

Rosanet.

la plaisante finesse,
Il ne me cognoit point il craint qu'on ne connoisse
Ce qu'il fait en ce lieu,

Lusidan.

que tu es importun,

Rosat.

On croit que tu es mort c'est vn dire commun,
Il s'enfuit.

Fuis tant que tu voudras ie cognois ton visage,
Il faut sçauoir comment il sortit du naufrage,
Sa Maistresse le croit au riuage des morts
Ie m'enuois l'aduertir qu'il a repris son corps.

ACTE TROISIESME.

Scene Troisiéme.

MELIADOR & ROSAMIRE.

Rosamire.

'Horreur de ce grand bois qu'habite le
    silence,
  Monstre assez le sejour de la noire science,
Que ie viens consulter les ombrages discrets,
Couurent d'vn crespe noir les Dieux de ses forests,
Et la Magicienne appellant ses furies
Voile d'vn air espais l'azur de ses prairies,
Les Demons exilez aux charmes de sa voix,
Courent insolamment le vague de ces bois,
Il faut me retirer attendant compagnie
Pour m'asseurer vn peu dans sa noire manie,

I

Ses yeux font des esclairs, sa voix est vn torrent
Tout cela me feroit mourir subtilement,
Mais il luy faut parler pour plaire à Neophile
Et faire voir icy que ie suis plus que fille,
Que les manes tirez des marais stigieux
Enseignent le futur, ou qu'au liure des Cieux,
Elle life l'arrest de toutes nos iournées
Pour le bien ou le mal qui fait les destinées,
Ie luy veux demander sur l'estat du passé
Quelques difficultez : I'ay souuent repassé,
Dans mon ressouuenir les secrets de ma vie,
Qui n'ont iamais paru c'est ce qui me conuie,
A parler finement à ce Demon sçauant,
S'il cognoit le passé il est assez puissant,
Pour sçauoir le futur & pour me faire croire,
Qu'il deuinera bien s'il a bonne memoire,
Mais qu'est-ce que i'entens qui trouble par ses cris
Le repos de ce bois, où plustost par ses ris;
Car le bruit est confus a fin de mieux entendre,
Il faut s'en approcher ou s'asseoir pour l'attendre.

Meliador.

Cruelles pietez de l'Astre de ma vie,
Si vous la conseruez c'est contre mon enuie,
Ie meurs cent fois le iour, il ne faut seulement
Pour finir tant de maux qu'vne mort d'vn moment,
Rompez le nœu fatal qui serre mes miseres,
Et vous ne serez plus mes ennemis contraires,
O Cieux qui me voyez cruellement languir

Pourquoy m'empeschez vous vne fois de mourir,
Prenez vous l'interest du bien que vous me fites,
En laissant dessus moy ces iniques poursuites,
Prenez vous l'interest d'vn peu de volupté,
Que ie receus de vous par vne cruauté,
Mon crime est innocent, hà si ie suis coupable,
Il faut me condamner sans me voir miserable,
Traisner honteusement les fers d'vne prison,
Et boire tous les iours sans mourir du poison
Que ie viue sans cœur, seroit-il bien possible,
Vous le voulez, ô Cieux mais il m'est impossible:
Estre viuant sans vie, est ce qui ne se peut;
Et neantmoins le Ciel pour me punir le veut,
Ma Nymphe estoit ma vie il separe mon ame,
De son œil rauissant qui luy seruoit de flame,
Flame qui l'animoit source de ses plaisirs,
Que ie vois se changer en mille desplaisirs,
Il faut me soulager & dans vn precipice
Abreger la longueur d'vn si cruel supplice,
Lusidan trouuera son ennemy vaincu
Au pied de ce rocher tristement abattu,
Rocher moins trauersé de ces pointes cornuës,
Que mon cœur est percé de douleurs inconnuës,
Acheuons de mourir couronnons nos malheurs,
Rosanet aura part aux traicts de ses rigueurs,
Ie plains ce cher amy qui verra ma fortune
Aux mains du desespoir, que cela m'importune:
Escriuons le subiet dans ces rudes cayers

Que les ans garderont iusqu'aux siecles derniers,
Pierres qui me seruez de parchemins fidelles,
Vous serez les porteurs de mes tristes nouuelles,
Et vous obligerez le Demon de l'amour
D'enseigner aux passans qu'il me ioüa d'vn tour.

Rosamire.

Mais quel est ce berger il me le faut cognoistre,
Aussi bien le deuoir m'oblige de paroistre
Et d'empescher l'effort que la temerité
Enseigne au desespoir d'vn esprit irrité,
Il nomme Lusidan, ie luy feray seruice
Arrestant le dessein qu'il a du precipice.

Meliador.

Adieu cher Rosanet que ie mourrois heureux,
Si tu estois present à ce coup malheureux,
En fin qu'en te baisant nos ames diuisées,
Eussent part aux plaisirs des plaines Elizées,
Et qu'vn baiser sacré rendit en mesme temps
Nos destins separez entierement contents,
Mais qu'est-ce que ie vois? rauissante deesse
N'empeschez point la mort qui finit ma tristesse,
Et que ton œil vainqueur laisse le desespoir
Guerir ma liberté.

Rosamire.

il faut la receuoir,
Ie te deffends la mort, & ie veux que tu viue.

Meliador.

Ma vie est vne mort faut-il qu'elle me suiue,

Et que pouuant mourir vne fois seulement,
O cruauté du Ciel, ie meure incessamment.

Rosamire.

Faut-il que ta raison soit tellement vaincuë,
Des folles passions quelle manque de veuë,
Pour cognoistre l'amour & la benignité,
Dont le Ciel va traitant ton infidelité,
Tu condamnes ses biens en cela tu l'offence
Toutes ses actions sont pleines d'innocence,
Retourne à toy berger & reprent tes espris,
Chasse le desespoir & fais tréue à tes cris,
Car le Ciel te promet vn heur incomparable,
C'est vne illusion qui te fait miserable.

Meliador.

Que puis-ie receuoir?

Rosamire.

                      tu gousteras le bien
Si tu ressens le mal

Meliador.

                   cela ne sert de rien,
Mes plaisirs sont passez:

Rosamire.

                   il reuiendront encore,

Meliador.

Les solides plaisirs n'ont iamais qu'vne Aurore,

Rosamire.

Ne sçais-tu pas qu'amour nous trouble la raison,

Meliador.

Quel remede, la mort?

Rosamire.

non, bruſler ſa priſon,
Et le rendre ſubiet des vertus immortelles.

Meliador.

Qui ne le peut?

Rosamire.

berger ſes fléches ſont mortelles,
Pour ceux qui librement ſuiuent ſa paſſion,
Mais il craint vn eſprit de reſolution.

Meliador.

Ie ne peux donc guerir, mes vertus eſtouffées;
Luy ſeruent à dreſſer ſes iniuſtes trophées.

Rosamire.

Tu le crois,

Meliador.

il eſt vray,

Rosamire.

ô la plaiſante erreur
Tu es peu courageux, tu perds bien toſt le cœur;
Le Ciel veut que tu viue & veut que tu gue-
riſſe,
Les Dieux l'ont arreſté faut-il que tu periſſe,
Et qu'vne paſſion ſoit ton aueuglement.

Meliador.

Ie te veux obeyr & finir mon tourment,
Ta beauté m'y conuie & l'eſclat de ta gloire,
M'oblige maintenant de perdre la memoire

Du subiet qui me prit dans ses liens trompeurs,
Causes de mes ennuits & sources de mes pleurs.

Ils descendent,

La Magicienne qui les escoute,
dit ces paroles.

La Magicienne.

Que le ciel est propice au dessein que i'aduance,
Il prendra d'vn ingrat vne iuste vengeance,
Rosamire a sauué ne le cognoissant pas
Meliador tout prest de courir au trespas,
Ils viennent droit à moy il faut par artifice
Que i'engage leurs cœurs dans l'amoureux supplice.

Rosamire.

C'est vous côme ie crois qui pouuez en vos vers,
Donner vne autre Loy au cours de l'vniuers,
Ce pays estonné du bruit de vos merueilles,
N'a iamais entendu de nouuelles pareilles,
Ie viens pour auoir part à ces contentemens,
Vous offrant mon seruice.

La Magicienne.

      & moy sans compliments,
Si ie peux vous seruir employez ma puissance,
Et ce berger aussi que ie vois en souffrance.

Meliador.

Les mains du desespoir par mes iustes desirs,

Alloient en vn moment finir mes deſplaiſirs
Ceſte belle a changé l'arreſt de ma miſere,
Mais que ie viue ou non rien ne me ſçauroit plaire.

Roſamire.

I'ay paſſé pour Deeſſe & ie confeſſe auſſi,
Que comme ie voulois ma feinte à reüſſi.

La Magicienne.

Le ciel a tout permis c'eſt vne prouidence,

Roſamire.

Ie l'ay fait ſans deſſein,

La Magicienne.

i'en ay la cognoiſſance
Ce berger eſt venu ce iour en ce pays,
Il y voit ſes deſirs honteuſement trahis,
Il ſuiuoit vne Nymphe, elle ſuit ſon ſeruice
Ce meſpris la conduit au bord du precipice.

Meliador.

Il eſt vray,

La Magicienne.

mais bien plus ſes changements diſcrets
Myſteres de l'amour ne me ſont point ſecrets,
L'infidelle beauté que ce berger adore,
Et qui le fait mourir s'appelle Selidore,
Elle aime Luſidan quelle creut eſtre mort,
Vous le penſées auſſi, mais il vit, c'eſt le ſort,
Qui fauoriſe l'vn & qui l'autre ruine.

Meliador.

Mais que feray-ie en fin?

la Magicienne.

fay touſiours bonne mine,

Rappelle ta raiſon,

Meliador.

l'amour me le deffend,

la Magicienne.

Qui luy veut reſiſter auſſi toſt il ſe rend,
Et s'il te veut guerir par vn' ſubiect ſemblable,
A celuy par lequel il te fit miſerable

Meliador.

Seras-tu pas contente?

la Magicienne.

ie feray ce qu'il veut,

Sa volonté s'accorde à faire ce qu'il peut,
Belle Nymphe excuſez ſi ie ſuis indiſcrette,
Retirez vous vn peu, ma parole ſecrette
A ce ieune berger demande ſeulement
Qu'il l'entende luy ſeul pour ſon contentement.

Elle ſe retire.

La Magicienne.

Maintenant eſtant ſeuls rien ne nous importune,
Ie t'apprendray Berger la fin de ta fortune,
Puis que tous les ſecrets ſont preſents à mes yeux,
Tu croiras par ma bouche aux paroles des Dieux.

Meliador.

Ie ſçais que ie le dois,

la Magicienne.

tu le pourras bien faire,
Escoute les secrets de ta douce misere,
Ouy, ie l'appelle ainsi, car le Ciel a permis
Que les destins d'amour fussent tes ennemis,
Pour couronner tes iours d'immortelles delices,
Nourrissant tes lauriers par ces petits supplices,
Il arriue souuent que de nos desplaisirs
Les Dieux sans y penser font naistre nos plaisirs,
La Nymphe qui suruint au poinct que ton courage
Vouloit rendre au malheur vn violent hommage,
Marchoit sans le sçauoir conduite par les Dieux,
Pour la recompenser brusle toy dans ses yeux,
Le Ciel le veut ainsi, chasse la tyrannie
De celle qui te fuit & pers sa compagnie.

Meliador.

Ie suis comme celuy qu'on soliciteroit
De sauter vn haut mont, vrayment il respondroit
Le temps me donnera peu à peu ce me semble,
De sauter ce grand tout, mais non pas tout ensemble.

la Magicienne.

Bien qu'il faille tousiours aimer tres constamment
Cela n'empesche pas qu'on n'aime sagement
L'obiet qu'on n'aura pas, passe pour impossible;
Et iamais on ne doit chercher que le possible.

Meliador.

I'aduoüe que ie fus diuinement espris
Quand ie vis ceste Nymphe, & que mon cœur surpris

Receut par ces regards de puiſſantes alarmes,
la Magicienne.
Ne perdez point le temps fleſchiſſez à ſes charmes,
Aimez, le Ciel le veut : retirez vous berger,
C'eſt pour voſtre bon-heur il me luy faut parler.

Il ſort.

La Magicienne.
Belle Nymphe approchez & que l'experience,
Vous apprenne auiourd'huy ce que peut ma ſcience.
Roſamire.
Vous ſçauez ma penſée & vous n'ignorez pas,
Si vous cognoiſſez tout la cauſe de mes pas.
la Magicienne.
Nymphe n'eſt-il pas vray que vous voulez co-
     gnoiſtre,
Vn qui vous aime.

Roſamire.
          ô Dieux qui me faites paroiſtre,
Que nos cœurs ſont ouuerts à vos regards puiſſans
Et que pour nous iuger vous eſtes trop ſçauans,
Luſidan m'importune.
la Magicienne.
              ignorez ſa requeſte,
Il trompe voſtre foy, vne autre a la conqueſte,
Dont vous ne deuez pas eſperer ſeulement,
Vn mot qui ne ſoit dit que dans le compliment.

K 2

Rosamire.

Qui l'a conduit icy?

la Magicienne.

pour sauuer sa Maistresse,
Il se ietta dans l'eau, & lors dans sa destresse
Il trouua ce pays cét amant malheureux,
Pesché dans des filets se perdit dans vos yeux
Nymphe vous m'entendez.

Rosamire.

l'insolence est trop grande,
Ayant trompé l'amour d'en faire la demande
De posseder deux cœurs ayant coupé le sien,
Ou bien n'en ayant qu'vn il n'aura pas le mien:

la Magicienne.

Il pretend dessus vous prendre quelque aduantage,

Rosamire.

Si ce n'est le mespris il trompe son courage,
Ie l'ay fort dedaigné & ie veux desormais
Ne parler plus à luy & ne le voir iamais,
Mais quel est ce Berger dont i'ay sauué la vie?

la Magicienne.

Il est de son pays son humeur marauie,
Autant que iustement l'vn doit estre blasmé,
L'autre autant pour le moins deuroit estre estimé,
Que si i'auois le temps qu'il faut pour sa loüange,
Vous verriez que ses mœurs ont les humeurs d'vn
Ange.

Rosamire.

Il aime ou Iufidan fait gloire de feruir,
C'eſt ce qui le portoit à ſe faire mourir.

la Magicienne.

Cela ſe peut iuger par l'apparence humaine,
Qui trompe ma ſcience eſt beaucoup plus certaine
Les Dieux ont tout conduit ie ſçais leurs ſentimens,
Ce berger a trouué l'obiet de ces tourments
Dans ce pays, auſſi pour denoüer ſa chaine
Vous vintes à propos , retirez vous de peine;
Voſtre cœur que l'amour n'a iamais ſurmonté,
Plein de compaſſion fleſchiſſe à la bonté.

Roſamire.

Si la pitié me fit luy rendre ce ſeruice,
Cela ne ſert de rien pour changer ſon ſupplice.

la Magicienne.

Il ſuffit maintenant le rencontre des deux
Et ce que ie vous dis laiſſez le reſte aux Dieux,
Plus vous le cognoiſtrez moins ſerez vous rebelle.

Roſamire.

Ie ne viens point apprendre vne telle nouuelle
Sage Magicienne, il me faut y penſer:
Adieu puis qu'il eſt temps ie crains de vous laſſer.

Meliador.

Nymphe dont la pitié m'a redonné la vie,
Deliurant ma raiſon aux fureurs aſſeruie,
Le deuoir me conduit pour vous la preſenter,
Ce don ſur les Autels peut les Dieux contenter,
Vos bonnes volontez ont voulu que ie viue,

Mais que ce soit pour vous que ce bon-heur m'arriue,
Ie vous offre mon cœur, il n'a pas merité
L'honneur qu'il se promet d'vne telle bonté:
Mais quoy, les immortels engagent les charites,
A flatter bien souuent des subiets sans merites.

Rosamire.

Remerciez les Dieux qui me firent venir
Pour changer vos desseins & pour vous secourir,
Ce m'est vne faueur de vous auoir seruie
Vous meritez bien plus.

Meliador.

ô bon-heur de ma vie,
I'en resens le plaisir de m'entendre loüer
De ceste belle bouche ou i'ose me voüer,
Afin que desormais en tirant des oracles
Elle face en mon bien d'agreables miracles.

Rosamire.

Mon cœur se resiouyt de voir que vos plaisirs,
Commencent à reuiure auecques mes desirs,
Oubliez vos douleurs & reprenez l'vsage
De vostre liberté.

Meliador.

pour vous en faire hommage,

Rosamire.

C'est vn don precieux que nous deuons garder,

Meliador.

On vous l'offre aussi tost qu'on veut vous regarder

Rosamire.

Il faut parler ainsi, ce vous semble pour plaire
Dans la ciuilité : Ie crois mieux le contraire,
Voſtre eſprit peu conſtant ne peut legerement,
Oublier le ſubiet qu'il aime fortement,
Excuſez moy Berger il faut trouuer Diane,
Et vous digne d'honneur ſage Magicienne,
Ie tranche mon diſcours mais ſa Diuinité
Que ie ſers me deffen de l'inciuilité.

la Magicienne.

Ne perdez point de temps ſuiuez ſes yeux pro-
    pices,
Peut eſtre qu'elle aura beſoin de vos ſeruices.

Il part.

En fin i'ay combattu contre tant de rigueurs,
Dont l'infidelle auoit accompli mes malheurs;
Il eſt pris, il eſt pris, car iamais Roſamire,
N'aimera ce trompeur vn autre en a l'empire;
Meliador qui l'aime eſt captif dans ces fers,
Les Dieux m'ont preſenté du ſecours, ie m'en ſers,
Et certes la vengeance eſt encore trop douce
C'eſt peu de commencer il faut fournir ſa cource,
Il faut le voir au temple à mes pieds abattu,
Redemander la vie aux mains de ma vertu,
Il y viendra bien toſt voyons ce qu'il faut faire,
Les Dieux qui m'ont aidé pourſuiuent cet affaire.

ACTE TROISIESME.

Scene Quatriéme.

GELADON & NEOPHILLE.

Neophille.

Rayment i'ay trop tardé, car ceux qui
m'attendoient,
Ne m'ont pas rencontrée ainsi qu'ils de-
mandoient.

Geladon.

Peut estre qu'il viendra, repose en asseurance
Bergere ne crains point que la beste t'offence,
Qu'on chasse dans ce bois.

Neophille.

penfez-vous que mon cœur
Se laisse surmonter par vne foible peur?

Geladon.

Non, mais s'en approcher c'est exposer sa vie
En vn danger prochain, lors quelle est poursuiuie
Mais qu'est-ce berger?

Neophille.

ie penſe qu'vne fois

Ie le vis en paſſant dedans ce meſme bois.

Roſanet.

Dieux que ie ſuis laſſé & que ie prens de peine,
Sans trouuer le ſubiet qui me met hors d'haleine,
Ce que ie viens chercher ne ſe rencontre pas
Ce que ie ne veux point ſe preſente à mes pas.

Geladon.

Que cherchez-vous berger?

Roſanet.

A vous dire, c'eſt vne longue choſe,

Geladon.

mais quoy?

Roſanet.

ma langue ſe repoſe,

Geladon.

Ie veux vous ſoulager

Roſanet.

c'eſt en m'importunant,

Geladon.

Pluſtoſt pour vous aider,

Roſanet.

peut eſtre en diſcourant,
Cognois-tu le berger Meliador?

Geladon.

Non:

Roſanet.

Terre:

L

Importune à mes vœux que tu me fais la guerre,
Tu me lasse & penfant vn peu me repofer,
Tu porte vn indiscret qui se plaist à caufer
Qui m'afflige,

Geladon.

berger c'eſt contre mes penſées,

Roſanet.

Entretiens onereux paroles infenſées,

Geladon.

Qu'eſt-ce qui te pourroit doucement conſoler?

Roſanet.

Ceſte Nymphe,

Geladon.

& comment

Roſanet.

en me voulant parler,

Neophille.

Vous diſiez maintenant que la moindre parole,
Vous deſplaiſt puiſſamment & quelle vous deſole,
Accordez ce contraire auecques vos diſcours;

Roſanet.

Ie vous vis autrefois dans ces petits deſtours,
Voſtre compagne eſtoit plus belle que l'Aurore,

Neophile.

C'eſtoit ma Roſamire,

Roſanet.

ô Roſane l'honore,
Si i'eſtois auſſi beau i'en ſerois amoureux,

Et elle m'aimeroit nous aimerions tous deux.

Neophille.

Vous n'aimez pas encôr?

Rosanet.

non mais en son absence
Ie m'offre à vous seruir,

Neophille.

tu prens trop de licence
N'as-tu point de Maistresse,

Rosanet.

hé! ie veux commander,

Neophille.

J'ay vn Maistre & partant tu n'as que demander,

Rosanet.

N'est-ce pas ce berger?

Neophille.

luy-mesme,

Rosanet.

la partie
Est mal faite pour moy, ie suis sans repartie,
Ie m'en vay m'endormir au murmure de l'eau,

Geladon.

C'est vn soulagement pour vn foible cerueau.

ACTE QVATRIESME.

Scene Premiere.

DIANE & SES NYMPHES.

Diane.

L'on entend vn cor & vn bruit de chasse.

Ymphes ou estes vous la beste est es-
chappée,
Nos chiens sont en defaut , elle n'est
point frappée.

Marselie.

Vos Nymphes sont apres,

Diane.

nous auons par trois fois

Couru si bien le droict, quelle estoit aux abois;
Mais ne relaschons plus, frapons, frapons à route,
Que nos chiens la relancent & le relais la boute
Donnez vn iauelot,

Marselie.

en voila trois diuers
Que ie tenois cachez deſſous ces arbres verds,

Diane.

Ie choiſis celuy là ſus reprenons la ſuite,
De la chaſſe & tuons la beſte en la pourſuite.

La beſte entre ſur le theatre fort lentement,
cherche de l'eau & va du coſté ou
Roſanet eſt endormy.

Marselie.

Ie me mets hors d'haleine à courre apres les pas
De Diane, & ie crois que nous ne l'aurons pas,
Dieux ! qu'eſt-ce que ie vois au bort d'vne fon-
taine,
Sans doute c'eſt la beſte, hé Diane ma reyne,
Conduit mon iauelot elle va deuorer
Ce berger endormy ſi tu me viens m'aider.

Elle tire.

Deeſſe quel bon-heur, ma fleſche la percée,
Elle eſt morte auiourd'huy ma gloire eſt aduancée,
Voſtre faueur m'eſleue il vous faut conſacrer
La teſte que ie vay preſentement couper.

Elle ſe leue.

Reſueille toy Berger.

Rosanet.

importun qui m'appelle
Que ie reposois bien, ombre qui me querelle
Esloignez vous de moy, à l'aide mes amis
Ie suis enaironné de Demons ennemis,
Quel spectre, est-ce Cadmus, qui reuit pour me nuire,
Ie ne suis point Phœbus pour combatre, il faut fuire:
Mais il ne remue point il faut s'en approcher,
Il est mort i'ose bien maintenant le toucher,
Qu'est-ce que i'entends rire au fond de ce bocage,
Est-ce quelque Circé qui charme ce passage,
Il faut chercher partout, Marselie est-ce vous?
Suis-ie point enchanté? Marselie est-ce vous?
Ma chere Marselie, ô Dieux quelle merueille,

Marselie.

Quelquefois on s'endort que la fortune veille,
Mais qui peut empescher les decrets eternels
Que les Cieux ont donné sur l'estat des morrels,
Ils m'ont conduit icy pour tuer ceste beste,
Preste à vous deuorer, i'ay lancé dans sa teste
Ce iauelot aigu,

Rosanet.

Ie ne sçaurois parler,
Ie me iette à vos pieds que ie dois adorer,
Rosanet est viuant & doit à Marselie,
De ce qu'il est encor iouyssant de la vie.

Marselie.

Ie suis contente assez de vous auoir sauué,

Mais ie m'attriste aussi de vous auoir trouué,
Rosanet.
Moy ie me resiouys,
Marselie.
nos humeurs dyspatiques
Ont pour vne amitié de mortelles pratiques,
Rosanet.
Nymphe i'ay tant souffert esloigné de tes yeux,
Marselie.
Tu fis mourir l'amour, moy i'esteignis tes feux,
Si tu m'as oublié ie perds la souuenance
De tes souspirs trompeurs,
Rosanet.
helas quelle apparence
Ie n'oubliray iamais mes premieres amours,
Mon amour a duré le mesme tous les iours.
Marselie.
D'aimer il n'est plus temps sçache que Marselie
Est libre maintenant & a changé de vie,
Tu parle de l'amour & tu plainstes tourments,
Tu te sens obligé & fais des compliments,
Tu n'auois plus d'amour c'estoit la ialousie
Qui troubloit ton repos & tourmentoit ta vie,
Tu es libre, tous deux nous serons plus contents
De chercher à nos iours vn autre passetemps.
Rosanet.
Vne amour violent n'est point sans ialousie,
Marselie.

L'amour n'est point subiette à vne fantasie,
　　Rosanet.
Qui aime craint tousiours de perdre son obiet,
　　Marselie.
Qui aime ne craint point d'infidelle subiet,
　　Rosanet.
Ces soupçons amoureux font aimer d'auantage,
　　Marselie.
Ces soupçons odieux resentent l'esclauage,
　　Rosanet.
Ils seruent à iuger de la fidelité,
　　Marselie.
En matiere d'amour c'est vne impieté,
　　Rosanet.
On ne doit adorer qu'vne Deité sainte,
　　Marselie.
On adore l'amour sans aucune contrainte,
　　Rosanet.
Il faut examiner l'estat de ses Autels,
　　Marselie.
C'est à luy d'en iuger & non pas aux mortels,
　　Rosanet.
Cela fait bien iuger du respect qu'on luy porte,
　　Marselie.
Appellez vous respect que d'aimer de la sorte?
　　Rosanet.
L'amour en est content cela plaist à ses yeux,
　　Marselie.

Rien ne plaist au ialoux tout luy est odieux,

Rosanet.

Voila mon tableau que ce discours m'exprime,

Marsellie.

Tu sçais bien Rosanet s'il te paroist sans crime,

Rosanet.

Il est tel qu'il vous plaist, ie suis ce iugement:

Marselie.

Tu cognois bien ton cœur parle fidellement,

Rosanet.

Donc ie veux desormais aimer sans ialousie,

Marselie.

N'est-ce que d'auiourd huy que tu change de vie,

Rosanet.

Mieux vaut tart que iamais c'est vn dire commun,

Marselie.

Aime qui tu voudras ne me sois importun,

Rosanet.

Ie n'offriray iamais mon cœur qu'à ton seruice,

Marselie.

Ie prendrois ce present pour vn cruel supplice,

Rosanet.

Quoy tu fuis Marselie & qu'est-ce qui te nuit,

Marselie.

La Deesse m'attent & puis ie crains la nuiçt,

Rosanet.

Ie te suiuray ma Nymphe en loüant ta prudence,

M

Marselie.

La feste nous attent ne fais point d'insolence,
Ie n'ay pas le loisir d'escouter tes discours,
Adieu berger adieu, console tes amours.

ACTE QVATRIESME.

Scene Seconde.

SELIDORE & MARSELIE.

Selidore.

IL est temps maintenant que ie change de
face,
I'ay bien trouué le ciel propice à ma disgrace
Reprenons nos habits & quittons ces couleurs,
Qui n'ont serui de masque à venger mes douleurs,
Mais ie ressens au cœur le feu d'vne furie
Vn remors me saisit, hà! que ie suis marrie,
I'ay passé dans l'excez, hà triste repentir,
Le pauure Lusidan que ie feray mourir,
Falloit-il se venger auec tant de colere,
On dira Selidore est vne autre Megere,

Elle deuoit punir auec moins de rigueur,
Vne infidelité de ce Berger trompeur,
Mais le precipiter dans les mains d'vn supplice,
Que termine la mort c'est faire vne iniustice,
Il me sauua la vie & ie luy veux rauir,
De ce qu'il m'a donné ie le viens mal seruir,
Ie sens deux passions filles de mes miseres,
Qui tourmentent mon cœur de mouuemens contraires
La vengeance & l'amour ou plustost la pitié,
Qui diuisent mon cœur tous deux par la moitié,
Car ie ne puis aimer vn subiet que i'abhorre,
Ie ne le puis hayr car ma bonté l'honore,
Seray-ie donc tousiours l'aimant de ces deux fers,
Où plustost le iouet de ces petits enfers,
Seray-ie donc tousiours également poussée,
De ces deux Aquilons qui troublent ma pensée,
Seray-ie donc tousiours le perfide bourreau,
Qui prepare à mon ame vn funeste tombeau,
Quoy celuy qui me fait endurer tant de peines,
N'aura-il point de part au fardeau de mes chaisnes,
Il faut il faut en fin qu'il endure à son tour,
Le cruel chastiment d'vne perfide amour,
C'est manquer de constance & flestrir son courage,
D'auoir compassion de celuy qui m'outrage,
Que dois-ie faire, ô Dieux, ma resolution
Change au branfle diuers de chasque passion,
Peres de nos destins regardez nos miseres,
Et me faites choisir l'vn de ses deux contraires,

J'aime encor il est vray, car ie ne peux trouuer
Dans tant de mouuemens vn lieu pour mé sauuer,
Ne pouuant consentir à sa fatale perte,
Ie recognois icy mon amour descouuerte,
Qui me conseillera dans vn choix si fascheux
I'en remets la conduite à la bonté des Cieux.

Marselie.

Ce sera moy ma sœur ne faites plus la fine,
Iusques à maintenant vous faisiez bonne mine,
Neantmoins ie lisois au miroir de vos yeux
Quelques traits eschappez d'vn amour ennuyeux,
Ie tiendray ce secret & i'y suis obligée,
Si vous voulez bien tost vous serez soulagée.

Selidore.

Ie ne suis point faschée, ô ma fidelle sœur
De ce que vous sçauez les secrets de mon cœur,
Ie m'estois resoluë aussi bien de vous dire
Les diuers changements qui causent mon martire.

Marselie.

Ouy vous auez raison, il faut bien confesser
Ce que vous ne pouuez auiourd'huy me celer.

Selidore.

Comment l'aurois-ie dit puis que c'est à ceste heure
Que mon sort inconstant a changé de demeure,
Lusidan n'est point mort luy mesme me l'a dit
Et qu'il est amoureux d'vn autre qui le fuit,
Ces paroles d'horreur ont deschiré mon ame,
Ces paroles d'horreur ont fait mourir ma flame,

I'ay changé mes defirs afin de me vanger,
I'ay pris dans ces forefts vn habit eftranger:
I'ay fait de la fçauante en l'art de la magie,
Ie l'ay mis dans vn cercle auecque vne bougie,
Et d'vne rude voix appellant des Lutins,
I'ay fait femblant d'ouyr l'eftat de fes deffins,
I'ay fceu qu'il n'aimoit plus fa pauure Selidore
Que fon cœur eft bruflé d'vn autre œil qu'il adore,
Afin de le punir luy donnant vn annean
Comme fi i'euffe fceu quelque fecret nouueau,
Ie luy ay dit Berger fi iamais ta maiftreffe
Dans le Temple facré de la grande Deeffé,
Le voit, & que ta main touche comme en paffant
Le brafier de l'Autel tu feras fon amant,
Helas ! ie l'ay conduit dans le poinƈt de fa perte,
Ie voudrois le fauuer fans eftre defcouuerte,
Car perfonne ne fçait ces eftranges fecrets,
Que les arbres muets de ces vieilles forefts.

Marfelie.

I'entends bien vos deffeins vous defirez bergere,
Que la peine luy foit plus douce & plus legere
Et qu'il ne meure pas:

Selidore.

il eft vray,

Marfelie.

c'eft affez

Qu'il entre dans le Temple,

Selidore.

il mourra,

, Marselie.

non laissez

L'affaire dans mes mains;

Selidore

ie ne suis pas contente,

Marselie.

Demeurez asseurée en vne bonne attente.

Selidore.

Quel est vostre dessein,

Marselie.

mon esprit genereux,
A triomphé d'vn homme, & mon bras glorieux
D'vn coup de iauelot a ietté sur la terre,
Ce monstre furieux qui nous faisoit la guerre,
La Deesse a promis à celle qui viendroit
Auec la teste en main tel don quelle voudroit,
Donc si vostre berger vient au temple en la feste
Afin de le sauuer ie seray toute preste,
Le don quelle a promis sera pour ce berger
Puis qu'il vous appartient ie le veux obliger.

Selidore.

On dit bien que les Dieux aident les miserables
Ie le vois auiourd'huy, qu'ils me sont secourables,
Mais ne voulez-vous pas pour vous quelque faueur?

Marselie.

Rien que pour vous seruir, ce m'est beaucoup
d'honneur:

Si ie peux auiourd'huy vous deliurer de peine
l'auray sauué deux hommes , autour de ceste plaine.

Selidore.

Que ie sçache ma sœur ce que vous entendez

Marselie.

Escoutez sans pleurer, ce que vous demandez;

Selidore.

Bien ie vous le promets.

Marselie.

vn iour toute ioyeuse
Ie vous dis en riant que i'estois amoureuse,
D'vn berger qui m'aimoit , mais sans discretion
Vne ialouse humeur troubloit sa passion.

Selidore.

Ie m'en souuiens fort bien:

Marselie.

i'ay rencontré le mesme
Auiourd'huy sans penser , dans vn peril extresme
Il s'estoit endormy au bruit de ce ruisseau,
Où ce monstre lancé se baignoit dedans l'eau,
Il l'alloit deuorer quand preuenant sa rage
Ie l'ay percé d'vn traict au bord de ce riuage.

Selidore.

Quelle fatalité qui l'a conduit icy?

Marselie.

Il ne me la point dit, taisez vous le voicy:

Rosanet.

Pourquoy me fuyez vous ma chere Marselie,

Vous me fuyez en vain beau Soleil de ma vie,
Astre de mon bon-heur qui ne se peut cacher.

Marselie.

Le Soleil change tout ie ne t'ay peu changer,
Il fait quatre Saisons en vne seule année,
Il a milles effects en vne matinée,
Deux ans sont escoulez & tousiours ton humeur,
S'empresse sans subiet & trouble ton bon-heur.

Rosanet.

Dequoy vous plaignez vous d'vne amour vio-
lente,

Marselie.

Ie me pleins d'vne amour legere & insolente,
Depuis deux ans entiers libre de mon amour
Tu viuois dans l'oubli, tu aimois en vn iour,
Que ton amour soit vraye ou fausse ne m'importe,
Mon cœur luy dit adieu & luy ferme la porte.

Rosanet.

Ie veux m'accoustumer à porter vos mespris,
Il est vray i'ay failli mais l'amour m'a surpris,
Vous me verrez tousiours;

Marselie.

ie baisseray la veuë,

Rosanet.

Il n'est pas à propos d'estre si retenuë,
L'amour vous trahiroit & vous voyant sans yeux
Il seroit indiscret,

Marselie.

non ie le verrois mieux

Ie le tiens enchaisné,

Rosanet.

que ie luy suis semblable,

Marselie.

Tu ne dois comparer l'innocent au coupable,

Rosanet.

Ie seray desormais innocent comme luy,

Marselie.

Tu as de bons desseins mais ce n'est qu'auiourd'huy
Ie ne veux rien aimer que ma belle compagne
Qui ne dit mot,

Selidore.

ie pense à l'œil de la campagne,
A l'esmail de ces fleurs à l'azur des forests,
A ces lieux escartez propres pour nos filets.

Rosanet.

Nos desirs enlacez & nostre humeur semblable,
Font qu'elle ne paroist grandement agreable
Ie l'aime comme vous,

Selidore.

par vn contraire effort
Car ma compagne & vous n'estes pas bien d'accort,

Rosanet.

Les Nymphes de ce lieu sont bien plus familieres
I'y feray mon sejour, mes discours ordinaires
Changeront ces humeurs,

Selidore.

N

quel chemin prendrez vous

Ie vous suiuray par tout,

Selidore.

nos plaisirs sont à nous

Rien ne peut arrester ni gesner nos courages,

Rosanet.

Ie feray l'importun,

Selidore.

nous fuyons l'esclauage,

Rosanet.

Mais Nymphe que ie vois pleine de tant d'honneur,
Iugez nos differents, guerisez ma douleur;
Vostre compagne & moy contestons à ceste heure
Ie veux viure d'amour elle veut que ie meure,
Ces secrets sont cachez vous les entendez mieux,

Selidore.

Mais le veut elle bien?

Marselie.

ouy iugez nous tous deux,

Selidore.

Berger à mon retour i'accomplis ma promesse,
Mais il nous faut aller saluer la Deesse.

ACTE QVATRIESME.

Scene Troisiéme.

ROSANET & MELIADOR.

Rosanet.

Ĺ faut me repofer afin de les attendre
Vn difcours ferieux luy fera mieux en-
    tendre,
Les rigueurs de ma Nymphe, & l'eftat
    de l'amour
Où fe trouue mon cœur tourmenté nuict & iour:
Ie me veux preparer en faueur du filence,
Que ces bois azurez flattent par reuerence,
Hà ! cher Meliador ta prefence me rend
Et l'efprit & le corps entierement content,
Ie te vois tout gaillard:

Meliador.

       & toy melancolique

Rofanet.

Il eft vray:

Meliador.

N.

Le subiet,

Rosanet.

veux-tu que ie l'explique,

Meliador.

Tu me feras plaisir,

Rosanet.

tu sçais bien qu'autrefois
L'amour fit ma raison l'esclaue de ses loix,
Ie viens de rencontrer en ce lieu ma Maistresse,
C'est l'vnique subiet qui cause ma tristesse.

Meliador.

Et moy ie l'ay perduë & secoüant mes fers
I'ay pris ma liberté & sorty des enfers,

Rosanet.

Tu dis vray,

Meliador.

Ie dis vray

Rosanet.

c'est pourquoy tu me semble
Tout ioyeux,

Meliador.

i'ay fort peu d'Amants qui me ressemble

Rosanet.

Que l'esprit est changeant, ie voudrois bien sçauoir
La cause de cela,

Meliador.

c'est contre ton deuoir,
Tu dois fermer les yeux aux causes inconnuës

Ton esprit se prendroit dans l'obscur de ces nuës,

Rosanet.

I'estois ton pedagogue & tu veux m'enseigner,

Meliador.

C'est vn estat changé que l'on peut resigner,

Rosanet.

Quoy nous auons changé,

Meliador.

l'Amour a fait l'eschange

Il le fait bien souuent cela n'est pas estrange,

Tu deuiens amoureux, tu n'est pas libre aussi

Ie renonce à l'Amour & ie vis sans soucy;

Non, non, ie me dédis car ie sers vne belle,

Qui ne me sera point comme l'autre cruelle

Les Dieux me l'ont predit,

Rosanet.

il arriue souuent

Qu'on nourrit son esprit de promesses de vent,

Mais ie la voudrois voir ceste belle Maistresse,

Meliador.

Ie ne la connois point,

Rosanet.

donne m'en quelque adresse,

Son port est graue & droit d'vn visage riant,

D'vne humeur qui n'a rien de triste ou deffiant.

Meliador.

Tu la despeins au vray,

Rosanet.

crois berger si c'est elle,
Que nous aurons bien tost vne grande querelle,

Meliador.

Quoy pense-tu berger que ie vueille rauir
Ta Maistresse?

Rosanet.

qui sçait comme tu veux seruir
Ie ne peux endurer que personne regarde
Ce que i'aime,

Meliador.

il faut donc que tu y prenne garde
Depuis deux ans entiers vous ne vous estes veus
Sans doute que ses yeux demeurent inconnus,
Son visage est voilé, hé! que penses-tu faire,
A tous ceux qui l'ont veuë est-ce pour te desplaire?

Rosanet.

Elle t'a dit cela,

Meliador.

toy mesme me l'as dit,
En fin quoy qu'il en soit puis que i'ay le credit
De la voir, ie viuray pour luy faire seruice
Soit ta Maistresse ou non l'Amour est mõ complice.

Rosanet.

Qui t'oblige berger à luy donner ton cœur,

Meliador.

Tu ne le sçauras pas pour ta legere humeur,

Rosanet.

Tu m'offence

Meliador.

                toy mesme a pris vne querelle
Pour vn mot seulement qui te met en ceruelle.

Rosanet.

  Retire moy de peine & me dis franchement
Si c'est elle,   Meliador.
                            veux tu me fascher?

Rosanet.

                nullement,

Meliador.

  Ie ne la cognois point nous voicy hors de peine
Elle vient droit à nous, Nymphe qui vous amene?

Rosamire.

  Ie cherche l'assemblee & ie voudrois sçauoir
Si Diane est passee,

Meliador.

                il faudroit aller voir
Nous l'aurions veu passer si vous voulez attendre
Voicy le vray chemin quelle doit venir prendre.

Rosamire.

  Vous cherchez compagnie & vous seriez con-
      tens
De m'arrester icy pour y perdre le temps,
Ma courtoisie est morte & ma ciuilité
Ne sert plus de couleur à ma fidelité.

Meliador.

  Ie voudrois auoir eu l'honneur de vous cognoistre,
Plustost ma liberté se feroit mieux paroistre.

Rosamire.

Vous pourriez vous tromper,

Meliador.

l'amour m'enseigneroit

Pour suiure mon dessein,

Rosamire.

où il le changeroit

L'inconstance est blasmable en vne ame fidelle.

Meliador.

Au trafic de l'amour c'est vn Dieu qui m'appelle
Vostre grande beauté a chassé de mon cœur
Vne moindre, l'Amour approuue mon bon-heur.

Rosanet.

Mais dis-tu vray berger est-ce donc sans feintise
Que tu as recouuert ta premiere franchise?

Rosamire.

Qui vous l'a dit vrayment vous pensez l'assiner
Où vous faites semblant de vouloir deuiner
Qui vous l'a dit?

Rosanet.

luy mesme en cheminant ensemble
En ces mots, cher amy, le Dieu qui nous assemble
M'oblige à descouurir les secrets de mon cœur,
Afin que ta pitié secoure ma langueur;
L'amour ma gourmandé mais reprenant courage
Ie luy ay d'vne main soufflette le visage,
Nymphe ce petit Dieu fuyant ce furieux
Vous trouua tout craintif il se mit dans vos yeux,

Et voulant se venger de l'iniure receuë
Il luy frappa le cœur tirant par vostre veuë
Ne parlay-ie pas bien en ta faueur?

Meliador.

tais toy
Ie verray ta Maistresse & i'auray bien dequoy,
L'entretenir

Rosamire.

berger & qu'est sa Maistresse

Rosanet.

C'est vous

Rosamire.

cherchez ailleurs il n'y a point de presse
D'aymer vn inconstant vous ne me plaisez point

Rosanet.

Vous & mon compagnon conspirez en vn point,
Arriue qui powrra tousiours ie me console
Vous ne cognoissez point l'obiect qui me desole,

Meliador.

Ie cognois Marselie,

Rosamire.

hà! vrayement tu peux bien
Dire que tu es mal & que tu ne tiens rien,
D'autres ont ce bon-heur

Rosanet.

puis-ie pas les connoistre
Ils n'oseroient iamais deuant elles paroistre,
Ce discours t'a donné iustement dans les yeux,

Meliador.

tu es vn peu ialoux ou tu es enuieux

Hà! que ie suis vengé tu change de visage,

Rosanet.

Ie ne veux pas railler non quittez ce langage

Rosamire.

Vous estes deux ialoux, ô le bon seruiteur;

Meliador.

Vn ialoux amoureux est vn tyran du cœur,

Rosamire.

Qui me voudroit seruir auec la ialousie
Ie le remercierois de tant de courtoisie,

Meliador.

I'aimeray donc long temps car ie hay les ialoux
Ie ne les vois iamais sans entrer en courroux.

Rosamire.

Ie prends la liberté de sclorre ma pensée.
Et vous y prenez part,

Meliador.

estes vous offensée.
Ie vous ayme en aimant ie sers parfaitement,

Rosamire.

Vostre amour est trop ieune,

Meliador.

il vous semble autrement
Le temps le fera voir,

Rosamire.

ouy si ie veux attendre,

Meliador.

Ie sçais que les destins vous le feront entendre,

Rosamire.

Les destins ne sçauroient forcer nos actions,

Meliador.

Les destins sont puissans dessus les passions,
Voulez-vous resister

Rosamire.

dois-ie vous rendre conte,
De mes desseins

Meliador.

l'amour bien souuent nous surmonte
Faites bien reüssir la fin de vos desirs
I'obeiray tousiours selon vos bons plaisirs,
En vn point seulement ie vous seray rebelle
Car ie vous aimeray, vous me semblez trop belle.

Rosamire.

Nous verrons le succez de vos pretentions,
Si vous triompherez dedans vos passions,
Mais vostre compagnon à perdu la parole

Rosanet.

Vous parlez pour nous deux, Dieux comme elle
caiole,

Rosamire.

O qu'il est serieux depuis fort peu de temps,
Veux-tu philosopher tu perds desia les sens,

Rosanet.

Non, c'est mon copagnon voyez côme il contemple

N 2

Les Astres de vos yeux,

    Rosamire.

     voicy qu'on vient du Temple

Sans doute m'appeller,

    Neophile.

     Nymphe à quoy tardez-vous

La troupe vous attent,

    Rosamire.

     ie m'arreste à des foux.

   Rosanet.

Adieu mon beau Soleil dont i'ayme l'influence,

La nuit vient dans mon cœur quand ie perds ta presence

Falloit-il m'esclipser ton œil si promptement,

Bel œil qui me rauit & fait que mon tourment,

Il faut se retirer elle nous le conseille

Car il n'est pas permis de voir tant de merueille.

  Les Nymphes viennent en trouppe auec la
teste de l'animal porté dans vn bassin orné de
fleurs, les autres portant chacun vn present: ils
entrent dedans le Temple que l'on ouure à leur
arriuée ou Diane est assise dessus vn theatre ils
luy presentent tout, & se placent à ses pieds:
Selidore & Rosamire seront debout aux deux
costez de la Deesse tenant chacune vne casso-
lette & du feu qui parfumeront la Deesse &
les autres, puis descendant en bas crieront à la

porte que tous les hommes sur peine de la vie
s'esloignent du Temple & que l'on va commencer le seruice ayant fermé les portes on
commence la musique.

CHOEVR DE BERGERS
ioüants du flageolet au chant du
Rosignol.

DAPHNIS.

BElles fleurs amoureux Zephyrs
silence à ceste melodie,
Ce petit chantre à des souspirs
Que la vaine gloire estudie,
Pour bien conceuoir ses accents,
Il faut icy fermer les sens
Et ne veiller que par l'oreille,
Toutefois ie veux en ces lieux
Que mon flageolet le resueille,
Pour voir s'il y chantera mieux.

Alidor.

Il forme d'vne seule voix
Vn concert à quatre parties,

La nature n'a point de loix
Quelle oppose à ses reparties,
Et semble que dans ses poulmons
Il enferme mille fredons
Mille Chœurs & mille musetes,
Si bien que dans son petit corps
Les orgues & les espinetes,
Et les luths trouuent leurs accorts.
　Il pleure ou en fait le semblant
Pour l'affront que luy fit Terée,
Il chante fort bien le tremblant
D'vne voix encor alterée,
Et l'entrecoupant de souspirs
Il semble qu'il dit aux Zephyrs
Esueillez l'Echo des bocages,
Afin quelle ait part aux regrets,
Que ie laisse pour mes outrages
Qui ne peuuent estre secrets.

Narcisse.

Tout ioyeux il coupe les airs
D'vne voix si fort esleuée
Que dans ces fredons si legers,
Toute sa plume est sousleuée
Ces petits chantres emplumez
Tombent quelquefois consumez
En la guerre de l'harmonie,
Car ces agreables transports,
Causent vne douce manie

Qui leur donnent souuent la mort.
  Il se plaint d'vn ton Lydien
Et puis pour reprendre courage
Il se met sur l'Iastien,
Pour mieux varier son ramage
La Phrygienne du guerrier,
Luy plaist & le fait varier,
Car il chante la Dorienne,
Et pour paroistre ce qu'il est,
Il prent aussi L'æolienne
Car la simplicité luy plaist.

Daphnis.

  Mais tout à coup il se reprent
Et enfle sa voix d'vne basse,
Auec vn si profond accent
Que c'est icy qu'il se surpasse,
Et desirant flatter ces bois
Il se releue quelquefois
En la taille & la haute contre,
Il cesse mais pour escouter
Si mon flageolet va chanter,
Quel plaisir en ceste rencontre.

ACTE CINQVIESME.

Scene Premiere.

NEOPHILE, CLORIMANDE, Melinde & Laudorée.

Melinde.

Ccourez, accourez, au sein de nos autels
Le Temple est prophané par la main des
    mortels,
Accourez, despechez, venez à la Deesse
Ministres hastez vous car l'affaire nous presse.

Clorimante.

Nous venons à vos cris, qui a-il de nouueau?

Melinde.

Vn homme dans le Temple,

Laudorée.

    il cherche son tombeau,

Melinde.

Afin de l'arrester on a fermé la porte
Il s'accuse luy mesme, vn excez le transporte,
Mais vn excez d'amour, vn cruel repentir

D'auoir faußé ſa foy l'oblige de mourir,
Il aimoit vne Nymphe, il trompa ceſte belle;
Il veut donc que la mort puniſſe vn infidelle.

Clorimante.

Mais le cognoiſſez vous;

Melinde.

C'eſt Luſidan,

Laudore.

ô Dieux,

Nymphe acheuez le reſte,

Melinde.

il vint tout furieux,
Comme nous auancions à faire le ſeruice,
Troubler inſolemment la paix du ſacrifice,
Deſchirant ſes habits afin qu'on le connut
Il ſe iette à genoux ſi toſt qu'il reconnut
La Nymphe Selidore, il l'embraſſe, il ſouſpire,
Et luy dit en pleurant, la mort eſt vn martyre
A ceux qui n'ont iamais que d'agreables iours,
Mais pour les affligez c'eſt vn heureux ſecours,
Ie la viens rechercher au plaiſir d'vne feſte,
Que ie fais auiourd'huy vne riche conqueſte,
Hà! i'ay trop offenſé il faudroit mille morts,
Pour tourmenter ce cœur en la priſon du corps;
I'ay failli Selidore & ma faute eſt plus grande,
Que ne ſera la mort qu'icy ie vous demande,
Receuez mes deſirs on ne meurt qu'vne fois,
Ie reſſens de la peine en de ſi douce loix:

P

Selidore eftonnée auffitoft fe retire,
Tout le monde en rumeur, c'eft ce que i'en puis dire,
Diane nous attent crainte de la fafcher,
Haftons le pas au temple il faut fe depefcher.

ACTE CINQVIESME.

Scene Seconde.

DIANE & QVELQVES NYMPHES.

Diane.

Elles fortent du Temple auec le prifonnier.

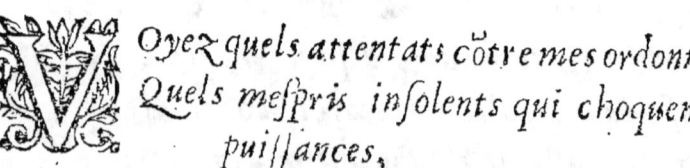 *Oyez quels attentats cōtre mes ordonnances*
Quels mefpris infolents qui choquent nos
puiffances,
Ofer impudemment attenter à mes yeux,
A la pudique fleur de ces filles des Dieux,
Acteons effrontez vous aurez les falaires
Des noires libertez de vos yeux temeraires;
L'un fut pour le punir deuoré par les chiens

Et celuy cy mourra ſurpris dans mes liens;
Si ie ne me vangeois les faunes ſeroient pires,
Mes Nymphes tôberoient dans les mains des ſatires,
Diane ſeroit ſeule, & le moindre chaſſeur
Prendroit la liberté de luy donner la peur,
Son viſage ſacré ſe trouueroit prophane,
Et ie ne ſerois plus l'immortelle Diane,
Il faut donc auiourd'huy punir cét indiſcret,
La feſte le deffent, ie le fais à regret.

Luſidan.

Deeſſe puniſſez ce Paſteur miſerable,
Le plus cruel tourment me ſera fauorable,
La mort terminera les mortelles douleurs,
Que mon cœur tous les iours teſmoigne par des pleurs
Mais qu'il me ſoit permis Deeſſe que i'adore,
Deuant que de mourir de voir ma Selidore,
Et de luy demander pour ma deſloyauté,
Vn pardon que i'attends de ſa chaſte beauté.

Diane.

Appellez Selidore afin que ie contente,
En le faiſant mourir vne legere attente.

Selidore.

Me voicy ma Deeſſe,

Diane.

eſcoutez ce berger

Luſidan.

Belle Nymphe, l'amour ma rendu menſonger
Il trahit ma raiſon, il ne faut point d'excuſe,

P 2

I'ay ſeul fait les pechez il faut que ie m'accuſe
Ie vous offre la mort que ie m'en vay ſouffrir,
I'ay failly, mais auſſi ie deſire mourir:
Teſmoignez s'il vous plaiſt par vn regard propice,
Que vous ne deſdaignez mon humble ſacrifice.

Selidore.

Non berger leuez vous tout m'eſt indifferent
Où viuez, où mourez, mon eſprit eſt content,
Aimez ou n'aimez pas, le pariure eſt vn crime
Quiconque en eſt ſouillé iamais ie ne l'eſtime,
Vn perfide, vn menteur eſt touſiours odieux,
Ie l'eſtime vn neant pour luy ie n'ay point d'yeux.

Diane.

C'eſt aſſez harangué qu'on le mene au ſupplice
Quand le Preſtre aura mis la fin au ſacrifice,
Ie ne fais pas cela les loix l'ont condamné
Pour reparer l'honneur de l'Autel prophané.

Marſelie.

Venerable Dèeſſe, ou nous trouuons des charmes
Qui forcent à porter ces innocentes armes,
Pour courre ces foreſts, & receuoir l'honneur
De ſuiure tous les iours vne telle grandeur,
Vous auez accordé pour combler ma victoire
Le don que ie voudrois prendre de voſtre gloire,
S'il plaiſt à vos bontez puniſſez doucement
Ce berger criminel, ſoit d'vn banniſſement
Soit en le laiſſant viure ainſi que la fortune
Le voudra manier comme elle a de couſtumes,

Selidore confent que ie vous parle ainfi
Et la pitié m'oblige à le vouloir auffi.

Diane.

Les Dieux doiuent tenir l'eftat de leur promeffe
Ie luy donne la vie en faueur de l'adreffe
Que vous nous fiftes voir fur ce monftre inhumain;
Mais qu'il change de lieu : fi ie le vous demain
Il mourra, c'eft l'arreft que ie donne au coupable
Et que ie garderay vrayement inuiolable.

Diane fort.

Lufidan.

O cruelle fentence ou ie trouue vne mort
Dans vne liberté par vn contraire effort,
Hà ! quelle cruauté, vous voulez Selidore
Me faire viure abfent & c'eft ce que i'abhorre,
Mais fi vous le voulez receuez mes douleurs
Pour nourrir deformais vos cruelles rigueurs.

Selidore.

Iamais vn inconftant n'eft creu pour veritable,
Vous trouuerez bien toft vn obiet preferable,
Ces difcours fuperflus font des fleurs d'vn Prin-
     temps,
Qu'on voit naiftre & mourir prefque en vn mefme
     temps,
Si voftre amour paffé n'a point eu de conftance,
Le futur feroit-il de grande refiftance?

Vous aimiez Rosamire & vous ne l'aimez plus,
Vous estes vne mer de flus & de reflus,
Cherchez vne Maistresse ou l'humeur inconstante
Trouue pour son plaisir la vostre ressemblante.

Lusidan.

Quand on pleure vrayement on iuge par l'effet
Que le cœur se desplaist du peché qu'il a fait.

Selidore.

Ce qui est violent n'a iamais d'asseurance,

Lusidan.

On doit suiure les Dieux en toute reuerence,
La Deesse pardonne à mon crime passé.

Selidore.

Pour vostre crime aussi ie le tiens effacé,
Mais la peine demeure & suruit à l'offence,
La peine Lusidan c'est l'entiere deffence,
Que ie vous fais icy de me voir desormais,
Adieu berger, adieu ne me parlez iamais.

Lusidan.

Pensez vous m'obliger à faire l'impossible
Nymphe pour commander il n'est rien si facile,
Mais pour estre obey il faut que la raison
Prenne l'heure & le temps d'vne iuste saison,
Ie passeray mes iours dans ce bois solitaire,
La fortune d'amour m'y seruira de pere,
Et les arbres muets parleront de l'ardeur
Que Selidore allume absente de mon cœur,
Ces vieux chesnes ridez me tiendront compagnie

Et me soulageront en ma peine infinie,
Les chantres emplumez feront cent fois le iour
Vn concert naturel pour plaindre mon amour,
Les Faunes exilez dans l'horreur de mes peines,
Feront mille souspirs aux Echos de ce plaines,
Cachons pour me deffendre au creux de ce rocher
Ces armes si quelqu'vn venoit pour m'approcher.

ACTE CINQVIESME.

Scene Troisiéme.

ALCIDE MERE DE ROSAMIRE
Rosanet & Meliador.

Alcide.

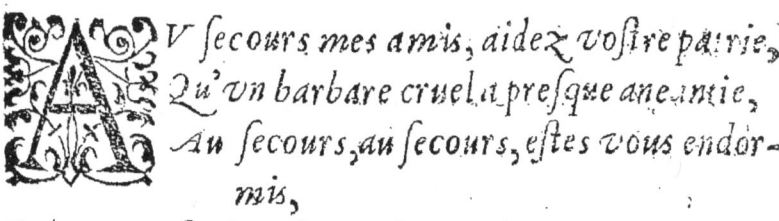

V secours mes amis, aidez vostre patrie,
Qu'vn barbare cruel a presque aneantie,
Au secours, au secours, estes vous endor-
    mis,
Et le pays est plein de cruels ennemis,
Escoutez les souspirs de ceste pauure mere,
Qui voit sa Rosamire aux chaines d'vn corsaire,

Ie n'entens à mes cris que l'Echo des forests,
Qui pleure auecque moy dans les mesmes regrets
Où estes vous bergers? & vous Dieux tutelaires
Qui laissez dessus nous de si fortes miseres,
Bergers ou estes-vous?

Meliador.

Dieux qu'est-ce que i'entends,
Qui estes vous? & quoy vous estes hors du sens,

Alcide.

Ma fille Rosamire est prise des Pirates,
Marselie combat, si iamais vous l'aidastes
Venez la secourir ne tardez plus icy,
Deffendez le pays ie vous en prie aussi.

Rosanet.

Il faut faire, plutost que d'vser de parole,

Alcide.

Vous dites vray:

Meliador.

courons,

Alcide.

que le Ciel me console
Aussi bien Rosamire a trouué ce malheur
Apres auoir serui le Temple auec honneur,
Alors qu'à Lusidan on redonna la vie
Car comme elle venoit elle me fut rauie.

ACTE CINQVIESME.

Scene Quatriéme.

SELIDORE LES PYRATES,
le Berger, la Mere, de Rosamire,
Leosandre, Rosamire, Marselie.

Selidore.

Ien souuent la raison combat contre soy
   mesme,
Bien souuent la raison se dement elle mesme
Ie le vois auiourd'huy car mon cœur est vengé,
Il n'est pas neantmoins entierement changé,
I'ay banny loin de moy ce trompeur infidelle,
Ce menteur, i'ay bien fait, ie ne suis point cruelle;
Il m'a donné la vie ou i'estois en danger,
Et tout nouuellement ie luy viens de donner,
I'ay vangé mes affronts, le Ciel me fut propice
Et la raison aussi en vsant d'artifice;
Donc qui m'empeschera de viure desormais
Dans le ferme propos de ne le voir iamais,
Il faut me diuertir en ceste solitude,

O

Et tromper les obiets de mon inquietude,
C'est estre bien heureux quand l'esprit est content,
Et c'est en se flatant ce que l'homme pretent,
Marselie a promis quelle viendroit me prendre
Icy pour discourir. il me la faut attendre
L'ombre de ce Rocher amy de la fraischeur,
Me fera mieux passer l'importune chaleur;

Elle entre dans le Rocher.

Qu'est-ce que ie vois là qui repose dans l'ombre
Il faut s'en approcher il fait icy fort sombre,
C'est vn homme qui dort le visage couuert,
La nature à propos luy donne ce lict vert,
Ces armes pres de luy sont pour quelque mystere,
Il faut me retirer crainte de luy desplaire.

Le Pyrate.

Fille,

Elle se retourne.

Selidore.

helas! que feray-ie ou pourray-ie trouuer,
Loin de tous ces voleurs vn lieu pour me sauuer,
Ces Rochers opposez empeschent la poursuite,
Du glorieux dessein que ie prens en la fuite,
Dont il faut demeurer pour disputer au fort
Le triomphe asseuré qu'il attent de ma mort;
Mais cét homme endormy pourra bien me deffendre

Ces armes luy feront aifément entreprendre,
Qui que tu fois amy vueille me fecourir,
Autrement il me faut honteufement mourir.

Le Berger.
Que vois-ie? où font mes armes,

Le Pyrate.
hé que penfes-tu faire,
Rends cefte Nymphe, ou bien tu verras temeraire
La force de mon bras,

Le Berger.
deffend-toy feulement,

Le Pyrate.
Compagnons il eft mort,

Le Berger.
non pas fi promptement,

Le Pyrate.
Hà Nymphe rendez vous,

Le Capitaine.
gardez qu'on ne la bleffe,
Car ie la veux auoir pour eftre ma Maiftreffe,
Ce traiftre ma frapé il luy couftera cher,

Le Berger.
Ie ne crains point ton bras, voila pour l'acheuer,

Le Capitaine.
Pardonne moy berger & ie te feray riche,

Le Berger.
Rends moy les prifonniers,

Le Capitaine.

O 2

que la fortune est chiche,
Il faut me despoüiller de ce rare butin,
Que ie n'ay possedé seulement qu'vn matin,
Nous contions auiourd'huy auecque tant de ioye,
L'excellent reuenu d'vne si belle proye,
So tes pretentions ie ne la tenois pas,
Ie perds mon compagnon qu'vne Nymphe a mis bas.

Le Pyrate.

Hé quoy rendrons nous tout, le faut-il Capitaine:

Le Capitaine.

Il le faut compagnons pour nous tirer de peine,

Selidore.

Que ie suis obligée à loüer ta valeur,
Qui me sauue auiourd'huy & la vie & l'honneur,

Il contrefait sa parole.

Le Berger.

Nymphe vous emportez l'honneur de la victoire
C'est à vous seulement à qui i'en dois la gloire,

Selidore.

Vous me voulez encor vaincre par ces discours,
On dit que la vertu prent d'honnestes destours,
Quand on veut la loüer, mais faites moy connoistre
Qui vous estes berger, ce front n'ose paroistre
Pourquoy le tenez vous tristement deguisé,

Le Berger.

Crainte d'estre connu pour estre mesprisé,

Selidore.

Ne me direz vous pas qui vous estes?

Le Berger.

ie pense
Si vous me connoissiez vous m'en feriez deffence,

Selidore.

Dites m'en le subiet,

Le Berger.

On est tousiours honteux
De se voir obligé par quelque malheureux,

Selidore.

Il est vray que i'auvois bonne part à vos peines,
Ie sentirois aussi ce que presse vos chaines,
Cela n'empesche pas ce que ie veux sçauoir,
Pour faire si ie peux ce que veut mon deuoir,
Mais qu'est-ce que ie vois là bas dans ces campagnes
Courir si promptement, hà ce sont mes compagnes.

Marselie.

Helas! ma chere sœur remercions les Dieux,
Qui nous ont deliuré de ce coup perilleux,
Et ces vaillans bergers ont tant eu de courage,
Qu'ils ont tout massacré sur le bort du riuage.

Selidore.

Ce berger empourpré du sang de ce meschant,
Afin de me sauuer luy en a fait autant.

La Mere de Rosamire.

Ma fille Rosamire, ô ma seconde vie,
Que ce monstre m'auoit iniquement rauie,

Quel plaisir de te voir, il faut resolument,
Que i'estrangle ce traistre autheur de mon tourment.

Rosamire.

Non ne vous faschez point laissez ce miserable,
Car la mort luy seroit maintenant fauorable,
Laissez-le viure encor,

La Mere.

ma fille ie le veux,
Mais ce ieune garçon qui nous sauua tous deux,
Si sage & si vaillant merite recompense;
Ie vous presente à luy,

Rosamire.

permettez que i'y pense,

La Mere.

Il vous aime ma fille,

Meliador.

hà ma mere l'amour,
Ne se tesmoigne point au seruice d'vn iour,
Ma vie & mes desirs, mes paroles, mon estre,
Sont à vous à iamais vous le verrez paroistre,
L'obiet que vous m'offrez est d'vn si rare prix
Que vrayement vos discours estonnent mes espris.

La Mere.

Vous entendez le ieu,

Rosamire.

ma mere on vous escoute,
Vous en faites parler l'Echo de ceste voûte,
Laissez là ce discours, c'est pour vn autre temps

Nous parlerons d'amour quand nous serons contens,

Selidore.

Helas! ie suis perduë,

Marselie.

ô Dieux comme elle tremble
Hé qu'auez-vous ma sœur,

Selidore.

Marselie il me semble,
Que ce vieillard qui vient est mon pere,

Meliador.

il est vray,

Marselie.

Ne craignez point,

Selidore.

Helas ! ie crois que ie mourray,

Losandre.

Deuons nous en ce lieu terminer nos miseres,
Et dresser en viuant nos tombeaux volontaires,
Dites moy mes amis:

Meliador.

venerable vieillart
Icy la liberté ne court point de hazard;
Vous y serez content,

Losandre.

ie rends grace aux Genies
Qui me font rencontrer ces douces compagnies,
Embrassez moy mon fils,

Marselie.

il nous faut reſiouyr
Le Ciel nous eſt venu puiſſamment ſecourir,
Loſandre.

Il eſt facile à ceux qui n'ont point de ſouffrance
De gouſter la douceur de la réiouyſſance,
Ie n'auois qu'vne fille & ſon cœur orgueilleux
Luy fit abandonner ce pere malheureux,
Ieuneſſe ſans reſpect, obiets de nos miſeres
Que vous cauſez d'ennuits dans l'ame de vos peres.
Marſelie.

Peut eſtre elle voudroit, car ie crois quelle vit,
Vous demander pardon du mal qu'elle vous fit,
Mais elle craint de voir condamner ſon offence,
Par la grande rigueur d'vne dure ſentence,
Si vous me promettez de vouloir pardonner,
Les Dieux ſi nous prions, la pourront redonner.
Loſandre.

Helas! quel iour fatal, faites que ie la voye,
Pour couronner mes ans d'vne derniere ioye,
Et que les champs ſacrez où viuent les eſpris
Ne ſoient apres ma mort tourmentez par mes cris.
Selidore.

Mon pere ie me iette à vos pieds adorables,
Pardonnez mes excez ils ſont trop puniſſables,
Mais que voſtre pitié iointe auecques mes pleurs,
Empeſche les deſirs de vanger vos douleurs,
Et puis conſiderez que ie m'en ſuis allée
Pour conſeruer aux Dieux la parole donnée,

De ne me marier & de garder ma foy,
Au berger Lufidan que i'aimois comme moy,
Cela vous euft fafché, i'ay cherché par la fuite
Vn remede plus doux fur vn autre pourfuite,
Ie vins en ce pays ou i'ay toufiours efté,
Y voyant mon deftin fainctement arrefté,
Ces Nymphes vous diront que i'ay paffé ma vie,
Donnant la liberté de permettre à l'enuie,
De reprendre mes mœurs, mais elle ne pouuoit
Noircir les actions que la vertu fauuoit,
Il eft vray que les pleurs m'ont ferui de compa-
          gnes,
Que i'ay fait mille fois retentir les montagnes,
De ce pays facré dans le reffouuenir
De vous auoir laiffé fans penfer reuenir,
Pardonnez donc mon pere à cefte miferable,
Ie mourray deuant vous foyez moy fecourable.
                    Lofandre.
Hà malheureufe fille obiet de mes ennuits
Que tu m'as fait paffer de miferables nuicts,
Ne te dis point ma fille, ains pluftoft ma furie
Pour te venir chercher i'ay quitté ma patrie;
Mais ie benis les Dieux de m'auoir efcouté,
M'arreftant en ce lieu par leur grande bonté,
Leuez vous ie pardonne à la folle ieuneffe,
Pourueu que maintenant vous me faffiez promeffe
D'accomplir mes defirs, & de vous marier
Quand ie voudray:

                    R

Marselie.

vieillart il ne faut plus crier,
Les Dieux ont difpofé vne fi bonne affaire,
Lufidan eft viuant vous ferez fon beau pere.
Il n'eft pas loin d'icy,

Lofandre.

Lufidan n'eft point mort,

Selidore.

Mon pere il eft viuant, mais helas! qu'il a tort,
Il m'a fauffé fa foy c'eft vn berger perfide,
Qu'vne fyncere amour nomme fon homicide
Ie ne le puis aimer:

Lofandre.

il y faut confentir
Les Dieux l'ont difpofé pour vous faire fentir,
Vn petit chaftiment de vos libertinages.
Ie le veux, cherchons-le au fond de ces boccages,

ACTE CINQVIESME.

Scene Cinquiéme.

LVSIDAN & SELIDORE.

Lusidan.

Il se faict cognoistre.

Rrestez vous mon pere, helas ! ce misé-
rable
S'est caché dans ce bois puis qu'il estoit
coupable,
I'ay failly ie l'aduoüe aymant vne beauté
Comme si mon amour cherchoit la noueauté,
Ie trahis ma raison delaissant Selidore,
Pour vn obiet trompeur que maintenant i'abhorre,
Obiect qui n'auoit rien que de foibles appas,
Et neantmoins mon cœur y conduisit mes pas,
Deuois-ie m'esloigner des yeux de ceste belle,
Qui n'a point de defaut sinon qu'elle est mortelle,
Deuois-ie m'esloigner de ces regards puissants,

Qui peuuent conuertir des rochers en amants,
I'ay pleuré tant de fois l'horreur de l'inconstance,
A qui ma volonté fit peu de resistance,
I'ay desiré mourir plustost que de marcher
Ce peché sur le front qu'on me peut reprocher.

Selidore.

Bien que ce repentir soit plustost sur la langue,
Qu'au fond de vostre cœur, c'est vn mal trop estran-
ge;
Ce crime est inconnu, à cause de l'excez
Qui nous empescheroit d'en faire le procez,
Cause de mes douleurs, & de mon triste pere,
Et c'est en quoy ie mets ma plus grande misere,
Car ta desloyauté m'en fit abandonner
Sa maison, sa bonté me vueille pardonner.

Lusidan.

Ouy, ie confesse aussi que ie suis trop coupable
Mais pour mon repentir il est trop veritable,
Ie vois bien ce que c'est il faut il faut mourir,
Puis que vostre pardon ne veut me secourir.

Rosanet.

Vous parlez de mourir, non, non, prenez courage
On vous pardonnera; on doit bien d'auantage,
C'est vn iour de pardon que ce iour glorieux
Où nous auons receu tant de graces des Cieux.

Losandre.

Ie gouste vos raisons, mais ie trouue meilleures

Celles de ce berger : le temps à bien des heüres,
Mais quand il nous permet celles de son repos,
Ie crois pour se fascher qu'il n'est point à propos,
On ne voit que pardons, & que secours de ioye,
Ne parlons plus de mort, prenons vne autre voye,
Nous sommes tous contents ma fille seulement
Laisse vaincre son cœur au mescontentement,
Selidore en vn mot pardonnez vos offences
Comme ie vous ay fait suiuez mes ordonnances;
Si vous auez aimé ce berger gracieux
Il le faut desormais aimer encore mieux.

Selidore.

Puis que vous le voulez mon pere ie l'accepte,
A vn estrange mal vne douce recepte,
I'oublie le passé, ie veux me souuenir
Du seruice d'amour que ie veux maintenir.

Lusidan.

C'est moy qui veux seruir, puis qu'on me laisse
         viure
Si i'ay bien commencé ie pense mieux poursuiure,
Ie n'ay rien qui ne soit entierement à vous
Toutes mes volontez vous seruiront tousiours,
Pour combler mon bon heur pardonnez Rosamire,
L'amour assubiectit les Dieux à son empire,
Il prit dans vos beautez esclaue ma raison
I'auois fait vn peché ie me vis en prison.

Rosamire.

C'est moy plustost berger qui commit vne
    offence,
Traictant indignement l'innocente licence,
Que vous pristes d'aimer ce qui vous mesprisoit,
C'estoit pour vn bon heur, le ciel le disposoit.

Selidore.

Que l'homme est inconstant,

Losandre.

                laissez là ces carresses,
Consolez vous bergers aupres de vos Maistresses,

La Mere.

Venerable vieillart ie veux pareillement,
Que ma fille l'accepte en mon contentement
Ma fille receuez ce berger agreable,

Meliador.

Accordez belle Nymphe vn vouloir raisonna-
    ble,
Ie me peux égaler tant de perfections
Si ce n'est en amour,

Rosamire.

                  ces resolutions,
Sont bien ieunes berger elles viennent de naistre
Vostre amour est petit il faut le faire croistre.

Meliador.

Traictez le comme enfant il vous connoistra
    mieux,
Si vous le nourrissez:

Rosamire.

ce soin est onereux,

Meliador.

Mais c'est vn innocent, qui vous fera seruice;

Rosamire.

O Dieu quel innocent bien couuert de malice,

Meliador.

C'est vn enfant puissant qui fait tout ce qu'il
veut,

Rosamire.

Ie me mocque de luy qu'il fasse ce qu'il peut,

Meliador.

Nymphe ne craignez pas puis que vous faites
craindre,

La Mere.

Ma fille obeyssez sans vous faire contraindre;

Rosamire.

Ie veux ce qu'il vous plaist aussi bien ce berger
M'est venuë auiourd'huy puissamment obliger
I'accepté son seruice,

Meliador.

ô la chere parole
Rosamire me veut, que cela me console,
Quel rencontre est-ce cy,

Rosanet.

que ie vois de plaisirs
Remplir des ces bergers les penibles desirs,

Tout le monde se tait, & chacun se contente,
Demeureray-ie seul en vne longue attente,
Ces messieurs ont leur fait, vous vous en moquerez
Selidore parlez, comme vous desirez,
Vous me dites vn iour que vous seriez le iuge
De la Nymphe & de moy, seruez-moy de refuge.

Selidore.

Si mon pere le veut ie le veux bien aussi,

Losandre.

Aydez comme il vous plaist cét amoureux transi,

Selidore.

Nymphe qu'en dites vous.

Marselie.

Ie vous tiens pour suspecte
Ie l'aduoüe franchement, mais quoy ie vous respecte,
Puis que ie l'ay promis faites ce qu'il vous plaist,

Rosanet.

Elle fait bien semblant que cela luy desplaist
Mais ie sçais quelle m'aime & ie tiens la victoire,

Selidore.

Qui vous le fait iuger.

Rosanet.

ô i'ay bonne memoire,
Dés le commencement que ie la vins chercher,
Tant d'autres seruiteurs, la vouloient accrocher,
Surpris dans sa beauté i'eus seul la courtoisie
D'estre le bien venu parmi la compagnie

Et lors que les destins nous vindrent separer,
Elle ne vouloit plus comme il sembloit aimer,
Elle venoit chasser, mais sa premiere flame,
Luy brusloit en secret dans l'intime de l'ame.
Et ie confesse aussi que iamais mon amour,
Ne peut changer d'obiet, ie ne dis pas vn iour,
Mais ie dis vn moment, ie n'ay point fait d'of-
    fence,
Dont ces petits Messieurs ont receu la sentence,
Et puis ie l'ay trouuée en ce pays icy,
Ie crois que ie l'auray, le Ciel le veut aussi.

            Marselie.
  Vous ne dites pas tout,

        Rosanet.
        Ne pensez point au reste,

           Marselie.
  Dequoy me deffendray-ie,

           Rosanet.
        ô Nymphe ie proteste,
D'aimer fidellement, & que mes volontez,
Suiuront d'oresnauant celles de vos bontez,
Selidore parlez prononcez la sentence
Qui me doit rendre heureux seruez mon inno-
    cence,
Et faites qu'auiourd'huy ie trouue mon Prin-
    temps,
En voyant mes desirs entierement contents.

                    S

Selidore.

Ie crois que ce grand iour est fait pour nos delices,
Marselie oubliez ces petites malices,
Que chacun sans fuir retourne en sa maison,
Auecques les douceurs d'vne telle saison,
Nos yeux ont rappellé leurs premieres lumieres,
Il ne faut plus parler de nos peines dernieres,
Contentez ce berger & nous resiouysse₂,
Le plaisir est present à bon droict iouysse₂.

Marselie.

Il faut me rendre aussi vos raisons m'ont rauie,

Rosanet.

Ha ! qu'on me fascheroit si l'on m'ostoit la vie,
Ie me iette à vos pieds c'est pour vous adorer
Selidore ie dois à iamais t'honorer,
Et vous ma Marselie aymez ce qui vous touche,
Puisque ie viens d'ouyr de vostre propre bouche,
Que vous me pardonnez, ie ne puis exprimer
Le plaisir que ie sens de vous pouuoir aymer,
Le discours me defaut,

Marselie.

fort bien le temps nous presse
Que chacun se retire auecque sa Maistre,

La Mere.

Toute la compagnie à besoin de souper.

C'eſt elle qui me peut à ce ſoir honorer,
Et prendre ma maiſon rien de plus agreable,
Ne ſçauroit m'arriuer ny de plus fauorable
Demain les mariez iront en leurs logis
Pour commencer l'hymen auecques leurs amis.

Loſandre.

Moy qui ſuis eſtranger i'accepte ces ſeruices,
Allons donc mes enfans noyer dans les delices,
D'vn honneſte repas tant de trauaux ſoufferts,
Et qui m'ont fait paſſer les orages des mers,
Le iour ſort de la nuict l'Aurore des tenebres,
Et le plus grand plaiſir des triſteſſes funebres,
On ne trouue iamais vne ioye en tout temps,
Il faut auoir l'Hyuer pour auoir le Printemps.

S 2

CHOEVR
EPITALAMIQVE.

N fin les orages cessées,
Ne vous laissent plus de trauaux,
Les influences enlacées,
Vous promettent des fruits noueaux,
Chers Amants iouyssez du bien de la victoire,
Puis que vous auez combattu,
Vos trauerses ont tant de gloire
Qu'en fin dessous vos pieds le Myrthe est abattu.

L'amour vous a percé de flesches,
Auecques des plaisirs, auecques des rigueurs,
Il a faict tant de fois de si puissantes bresches,
Qu'il s'est fait couronner le Prince de vos cœurs,
Mille mauuais destins luy ont mené la guerre,

Et l'ont chaſſé honteuſement
Du gouuernement de ſa terre,
Qu'il reuient auiourd'huy garder entierement.

Verſez roſes & lys pour combler vos delices,
Chantez vn Hymen amoureux,
Bergers ne ſongez plus à l'horreur des ſupplices,
Car vous n'eſtes plus malheureux,
Les Nymphes ſont à vous,
Qui vous furent rebelles,
Et dans vos licites plaiſirs,
Vous verrez que tant de cruelles
Deuoient enfin vn iour accomplir vos deſirs.

La peine qu'on prent à pourſuiure,
Ce qu'on eſpere d'obtenir,
Ne nous laſſe iamais de viure,
Puis que ce bien nous doit venir,
L'amour n'eſt qu'vn enfant mais quand il fait le
      maiſtre,
Il eſt plus puiſſant que les Dieux,
Et nous fait bien ſouuent paroiſtre,
Qu'il ne couronne point que les plus courageux.

Ses couronnes ſont immortelles,
C'eſt vn prix d'importance à qui le veut auoir,
Les fleſches ſont de feu les playes ſont mortelles

Il faut souuent les receuoir
Mais le triomphe aussi nous redonne la vie
Auec vn plaisir si parfait,
Que l'ame en est toute rauie,
Le cœur n'endure plus le mal qu'il luy a fait.

Enfin les orages cessées
Ne vous laissent plus de trauaux,
Les influences enlacées
Vos promettent des fruicts nouueaux,
Chers Amants iouyssez du bien de la victoire,
Puis que vous auez combattu,
Vos trauerses ont tant de gloire
Qu'en fin dessous vos pieds le Myrthe est abattu.

F I N.

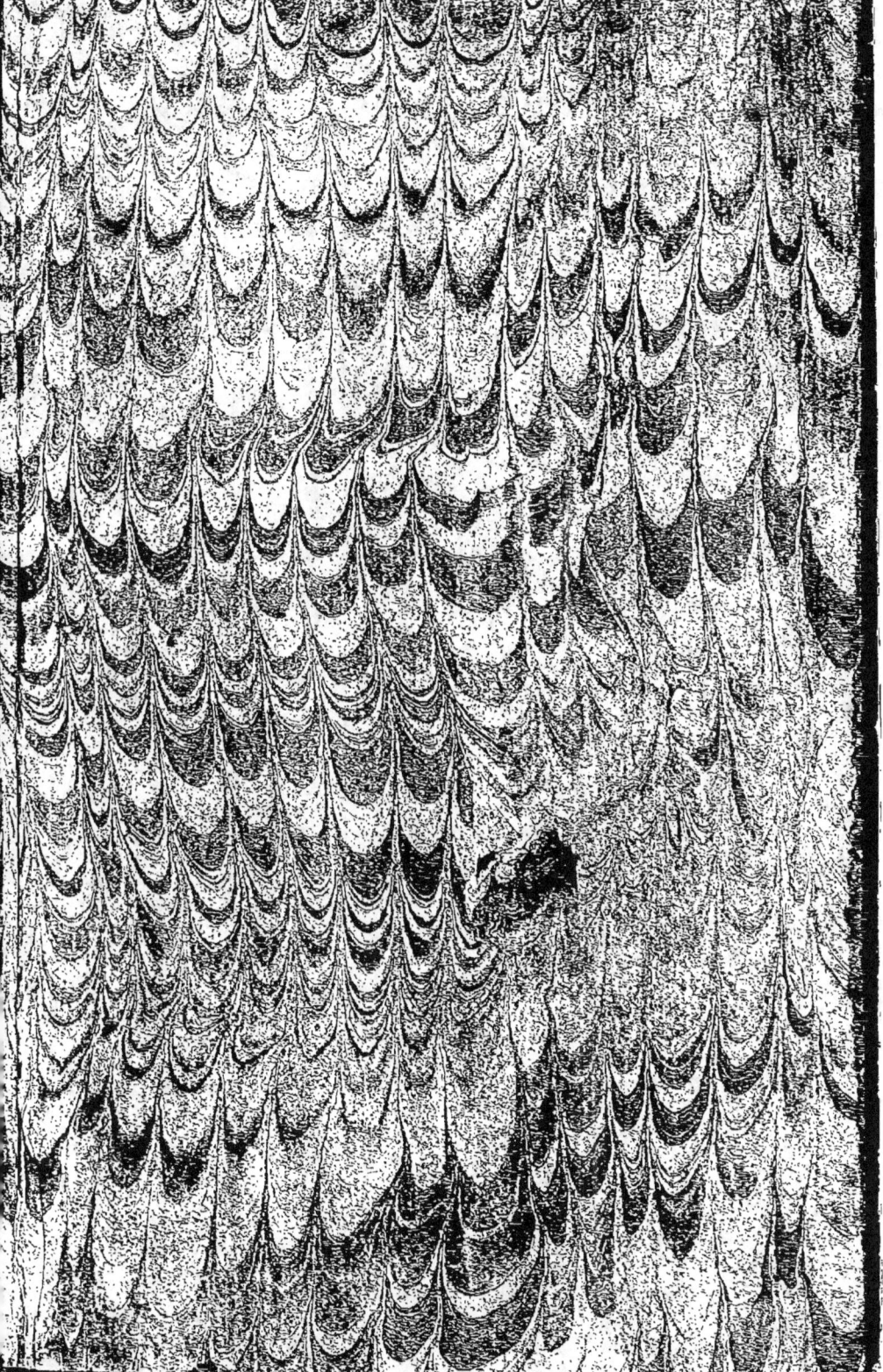

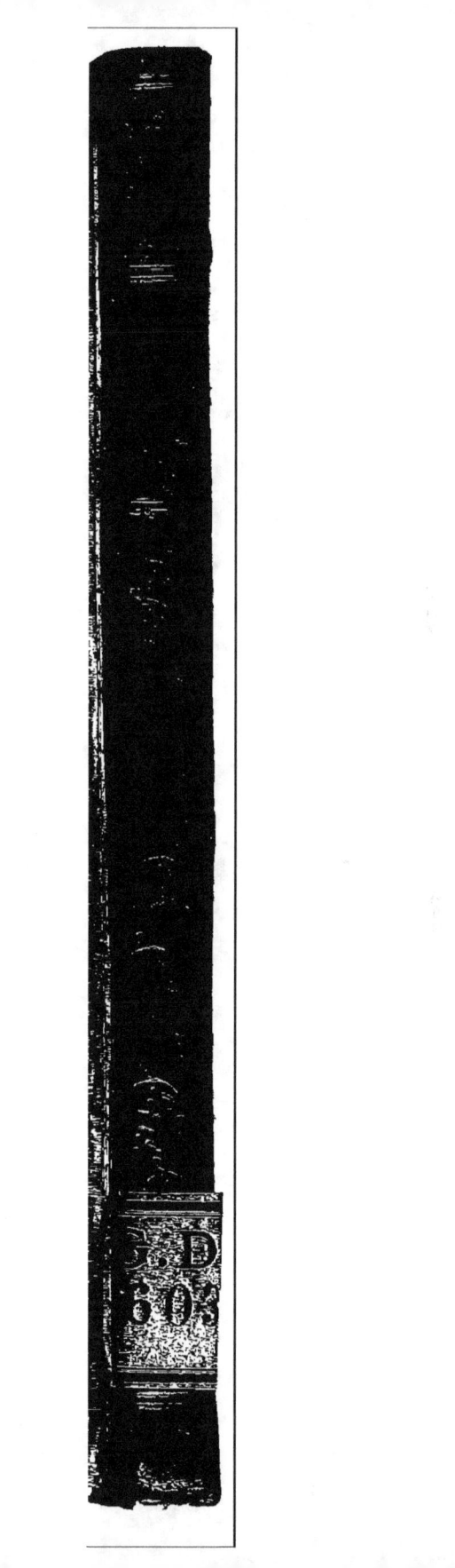

www.ingramcontent.com/pod-product-compliance
Lightning Source LLC
Chambersburg PA
CBHW051138260626
47170CB00005B/1873